ÁLVARO ABREU

ÁLVARO ABREU

A TÁVOLA DE SIX

L·G·E EDITORA

Brasília, 2005

LGE Editora Ltda.
SIA Trecho 03 Lote 1.760 - Parte A
Tel.: 61 362.0008 - Fax: 61 233.3771
lgeeditora@lgeeditora.com.br
www.lgeeditora.com.br

EDITOR:
ANTONIO CARLOS A. NAVARRO

TEXTO:
ÁLVARO ABREU

COORDENAÇÃO EDITORIAL:
ANNA CRISTINA DE ARAÚJO RODRIGUES

REVISÃO:
LUCÍLIA HELENA DO CARMO GARCEZ
JOSÉ LEITE DE ASSIS FONSECA

PROJETO GRÁFICO
MARCUS POLO ROCHA DUARTE

CAPA:
RESA

IMPRESSÃO E ACABAMENTO:
QUICK PRINTER IMPRESSOS RÁPIDOS LTDA.

Dados Internacionais de Catalogação na Publicação (CIP)

Abreu, Álvaro.

A Távola de Six / Álvaro Abreu – Brasília: LGE Editora, 2005.

190p.

1.Literatura Brasileira. – Romance. I. Título.

CDD 133-9
8690 (81)-3
CDU 82-31

ISBN 85-7238-163-5

Visite nosso site: www.lgeeditora.com.br

Sumário

Prefácio

Sabia que o Álvaro Abreu, o Alvinho, é arquiteto, artista plástico e um grande conhecedor dos segredos da noite e dos bares. Ele me surpreende com um romance.

Uma história condimentada pelos sabores, olfatos e desejos de comida farta, simples ou sofisticada. Eu, que não sou cozinheiro, mas gosto de mergulhar nos prazeres da mesa, me embebedei na seqüência de pratos concebidos, criados e executados ao longo dos vários capítulos.

Sua receita tem os melhores ingredientes: a amizade, o gosto pela cultura, o amor, a solidariedade e o desprendimento. Ele cria o mundo ideal, sem conflitos, em que a felicidade inunda a vida de todos os personagens. Todos são cultos e alcançam o maior sucesso em suas profissões. O rio da cidade não é poluído e oferece a seus visitantes um mar de peixes. Tudo funciona diante da competência e criatividade do arquiteto e mestre de cozinha.

Não sei se é utopia ou fantasia hollywoodiana, mas em volta da Távola de Six – personagem principal que inicia sua aventura fazendo um péssimo macarrão e amando seis vezes seguidas sua namorada – o mundo criado por Alvinho é uma beleza completa. Come-se muito bem, bebe-se farta e civilizadamente, viaja-se pelos encantos do mundo da cultura.

A arte de Alvinho é executar sua receita contando com as melhores especiarias, a excelência dos finos temperos.

Quem entrar nesse universo vai encontrar bons argumentos para cair de boca no banquete da vida.

Fernando Brant

Existem encantos que se apagam
e existem desencantos que perduram.
Lutarei contra os dois.

Para
Délio Tavares.

Se tivessem existido outros homens
como ele, com certeza o mundo
seria muito mais amor.

...E para meus amigos,
os companheiros de távola.

A cidade ficava às margens do rio São João. Todo o fascínio e a beleza desse grande rio eram transportados por suas águas que guardavam o segredo do amor. Foi numa lenda que se tornou essa história, e quem no rio nadava ou navegava, certamente, o grande amor encontraria.

- Alô!

- Six?

- Sim, quem fala?

- Gerard!

- Que bom você ligou! Recebeu meu recado? Estou lhe procurando desde cedo!

- É. Só queria saber o que vai fazer. Afinal, se estiver programando ir para a cozinha, sem saber o que vem pela frente, estou aí para encarar...

- Vem para cá! Vou preparar alguma coisa para comer, disse Six.

Gerard Vallon, com seus quarenta anos, era dotado de inteligência acima dos parâmetros normais. Preferia se manter numa faixa menos diferenciada, proporcionando entrada de todos no seu coração.

O táxi estacionou em frente ao número 210 da Rua do Porto. Era uma bela casa, baixa e longa. Sua fachada era colonial autêntico e original, tendo sido reformada sem perder qualquer característica que pudesse identificá-la como uma preciosidade de meados do século XVIII. A entrada era por um pórtico que protegia as pessoas até que fossem atendidas.

Era estruturada com peças robustas de madeira de lei, e as janelas, pintadas em azul escuro e quadriculadas com vidros pequenos e bisotados. Cristais vindos da Europa em retribuição ao ouro que ia da colônia.

A sala, que era ligada diretamente ao pórtico de entrada, possuía uma decoração sóbria, com estátuas e esculturas de antigos mestres. Um quadro de Rodriguez De Los Anjos, com fundo escuro, e uma madona cercada de anjos dominavam o ambiente. Outros pequenos, sem muito critério, eram distribuídos nas paredes, que pareciam ser escoradas por móveis de todas as épocas.

Um aparelho de som moderno, acomodado em um armário antigo que parecia ter sido um oratório no século passado, com duas grandes caixas acústicas completava o ambiente. Ao lado, um piano Roderweiss, também do século XVIII, restaurado por um alemão que por lá passara para passear um dia, e acabou trabalhando por três meses.

Gerard entrou e Six já estava na cozinha lavando a louça do café da manhã que havia sido tomado lá pelas onze horas. A cozinha tinha mais de trinta metros quadrados que permitiam que nela fossem instalados um fogão de seis bocas com um grande forno acoplado, um outro forno de microondas, uma geladeira e um freezer, uma comprida banca de granito onde estavam o liqüidificador e o mix e, sobre ela, um longo armário onde ficavam os pratos, as xícaras e, em um compartimento separado, os temperos. Cada um em seu vidro e identificado por etiquetas que variavam também de cores.

Ao centro, uma mesa de seis lugares, era o suporte de tudo que acontecia naquele lugar: era um belo tampo de granito azul de três centímetros de espessura, apoiado sobre quatro pés formados por toras de madeira de lei, onde foram esculpidas caras de grandes gatos que pareciam satisfeitos e felizes com os aromas que exalavam das panelas, quando ferviam.

- Beber?

- Caipirinha também... disse Gerard.

Six, além de preparar bem comidas saborosas, gostava de elaborar bebidas. Eram misturas bem dosadas, que sempre faziam sucesso. Inclusive as mulheres, aquelas que bebiam pouco, ou quase nada, apreciavam suas artimanhas alcoólicas, porque elas eram dosadas de acordo com quem ia consumir. Para Gerard, era uma caipirinha normal; nem muito forte, nem muito fraca.

Apanhou no armário um pilão socador de bronze que também servia para preparar temperos. Era de bronze; se fosse de madeira, jamais poderia ser usado para o preparo de bebidas. Um pilão de madeira não esquece o gosto do tempero, mesmo após ser bem lavado.

Sobre uma tábua, que ficava sempre dependurada sobre a pia, picou o limão. A primeira vez, pelo equador do limão e depois cada metade foi cortada em quatro partes, no sentido dos meridianos. Tomou seis dessas partes, colocou no pilão, adicionou quatro colheres, das de chá, de açúcar e socou exaustivamente. Ao socar dessa forma, não só obteve todo suco de limão que havia disponível, como agregou também um pouco do sumo da casca. Esse sumo contribui para dar um sabor especial à bebida (totalmente diferente do caso de ser usado somente o suco). Entornou tudo em um copo de vidro, daqueles que costumava servir "whisky on the rocks". Adicionou uma xícara e meia, das de cafezinho, de cachaça e misturou com uma colherinha. Adicionou dois cubos de gelo e misturou novamente. Finalmente, completou o copo com outros cubos de gelo, misturou e serviu ao amigo.

Caipirinha

Pode ser elaborada
da mesma forma com
vodka (conhecida como caipirosca)

INGREDIENTES
$^3/_4$ de um limão
4 colheres das de chá de açúcar refinado
1 $^1/_2$ xícaras de cafezinho com cachaça
gelo em cubos

Gerard apreciou a bebida ao som de "The phantom of the opera", de Andrew Loyd Weber. Os dois amigos, quando se juntavam, adoravam falar de músicas e textos. Six era um bom saxofonista tenor e Gerard um pianista, compositor e professor de música. Nas horas vagas, Six sempre estava preparando um de seus poemas para que Gerard transformasse em canções.

- E agora, conte o que há de novo, disse Six levantando a sobrancelha, com ar de interrogação.

- Quase nada de novo, respondeu Gerard. Lá em casa a barra continua pesada daquele mesmo jeito. Não estamos jogando fora nem água de azeitona. Six riu e pensou que água de azeitona, realmente, até que poderia ser usada de alguma forma na cozinha, e acrescentou:

- Tenho um poema novo para você. Lembra outro dia, tomávamos chope no Alan Gazelle, quando chegou o Fermon Quetti? Você disse que queria fazer uma música para o Giovanni Batiston, o italiano chegado numa negra bonita.

Six foi até ao móvel da sala, abriu uma gaveta, tirou uma folha de papel e entregou-a a Gerard que leu em voz alta, pausadamente, tamborilou com os dedos no tampo da mesa, e depois leu novamente, desta vez em voz baixa. Levantou, encostou na parede onde estava fixado o quadro de Rodriguez De Los Anjos, colocou a folha de papel escorada no quadro, abriu os braços e declamou olhando para a Madona com os anjos:

Portrait

Teu país negro, sem embaraço
vinhos, champanhe, sabor, vida e cor
cor de vinho,
sangue Barollo
sangue tinto
vinho velho
velho Barollo.

Tua casa é aqui
teu sangue Barollo
teu sangue tinto
teu vinho velho
tua cor de vinho,
tua terra tem.

Levanta teu brio
o brilho é teu!
Te cantei, te vivi
sangue teu
Barollo de ti.

Já te bebi
bebi vinho velho
teu sangue velho,
teu sangue tinto,
teu palco, teu sangue.

Falo de mim, falo de ti,
tua terra comigo.
Me embaraço, abraço,
e passo!
Retrato, trato;
prato, extrato.
Tua casa, teu show;
tanto vinho,
tanto se amou!

Quando acabou de ler o texto de Six, Gerard virou de uma só vez o que restava da caipirinha e foram os dois para a cozinha.

Estratella de tucunaré

Já passava do meio dia quando Six e Gerard entraram na cozinha. O dia era bastante claro, ensolarado e com temperatura amena. Estava mesmo propício para outras caipirinhas e foi o que eles fizeram. Six apanhou o pilão e preparou outras duas doses com bastante gelo.

- Hoje o dia está bom é para uma feijoada, pensou alto Six.

- Eu saí de casa para encarar alguma coisa, mas aqui na sua cozinha, contestou Gerard, entendendo que o amigo já estava insinuando que uma boa alternativa seria, com esse tempinho frio, deliciar a feijoada do Zucca.

A feijoada do Zucca era das melhores que eles tinham comido. Ele começava a preparar dois dias antes, cozinhando os ingredientes algumas vezes, deixando esfriar, tirando os excessos de gordura em forma de nata cada vez que a panela esfriava. Esse procedimento fazia com que a comida não ficasse tão pesada e acabava proporcionando algumas caipirinhas a mais.

Six retirou da geladeira um tabuleiro, daqueles de fazer bolos, com um tucunaré de aproximadamente dois quilos. O peixe, que já estava limpo, porém ainda com escamas, foi lavado por dentro e por fora com bastante água corrente e depois temperado com "vinha d'alhos", o tempero preparado por ele mesmo e que ficava no armário sobre a pia, acondicionado em um vidro de boca larga.

Six colocou numa xícara duas colheres, das de sopa, desse tempero e espremeu um limão. Após misturar, passou com as mãos o tempero primeiramente por dentro e depois passou por fora do peixe. Com um garfo espetou-o por dentro, para que o tempero penetrasse melhor. Posteriormente o peixe seria regado algumas vezes dentro do tabuleiro, com o próprio tempero. A vasilha foi colocada em um canto da banca da cozinha e coberto com um pano para protegê-lo de alguma mosca que se sentisse atraída.

Gerard observou satisfeito e atento toda aquela operação. Antes que Six fizesse algum tipo de comentário sobre o silêncio que invadia a cozinha, ele se levantou, foi até à sala, escolheu um disco e colocou-o para tocar. Era Miles Davis com seu trompete suave e apaixonante, um piano ao fundo, interpretando "around midnight".

O som invadiu a sala que possuía boa acústica e penetrou na cozinha, expulsando o silêncio e pintando o ambiente com um doce ar de tranqüilidade e romantismo.

Six gostava de concentrar-se na cozinha preparando pratos ao som de boa música. Ele sentia como se sua alma fosse envolvida por um calor e uma vibração tão fortes, que uma emoção enorme emanava de seu interior, contagiando todo o ambiente. E isso ele conseguia também passar para os seus amigos.

Ao tocar com suas mãos o que havia selecionado para integrar a manobra culinária do dia, parecia que acontecia uma volatilização total. Um fantástico aroma se espalhava por toda a vizinhança, acontecendo uma excitação geral. Cachorros latiam, aves cantavam, vizinhos começavam a abrir armários procurando coisas para comer. O prazer de comer era provocado.

Gerard, encantado com o estado em que se encontrava, não queria falar. Apenas queria esperar para deliciar a "estratella de tucunaré". Assentado à mesa da cozinha ouvia "around midnight".

Six também não se preocupou em sair do seu pequeno mundo interior e continuou com seus saracoteios perfeitamente coordenados.

- Agora vou preparar o molho da "estratella", disse.

Apanhou cerca de vinte azeitonas, descaroçou-as, colocou-as sobre a tábua e, batendo uma faca, picou-as até que os pedaços ficassem bastante pequenos. Colocou em uma terrina e encostou. Da geladeira tirou um pacote de bacon fatiado, separou seis tiras e estendeu-as sobre a tábua picando-as em pedaços também pequenos. No outro canto da tábua, colocou duas cebolas médias e picou-as em pedaços ainda menores.

No armário, sob a pia, apanhou uma frigideira funda, que usava geralmente para fazer molhos, levou-a ao fogo com a chama baixa, que lentamente foi derretendo três colheres, das de sopa, de manteiga. Quando a manteiga esquentou, juntou o bacon e, com uma colher de pau, ficou mexendo sem parar, para não agarrar no fundo da panela. Quando o bacon ficou bem frito e solto um pedaço do outro, parecendo estar sequinho, introduziu a cebola, misturando. Ali a cebola permaneceu em fogo brando até que fritasse bem, já começando a surgir uns pequenos queimadinhos nas bordas dos pedaços.

Foi quando colocou na frigideira as azeitonas picadas. Six sabia que na cozinha, para preparar bem preparado, precisava ter bastante calma. Fogo forte não significa trabalhar mais rápido. Após misturar as azeitonas não colocou mais nenhum tempero, pois queria valorizar o sabor da azeitona. É o sabor que devia prevalecer. Aproximadamente dois minutos depois estava pronto o molho de "estratella".

O fogo foi apagado e o tucunaré, depois de ter sido regado com o seu tempero mais uma vez, foi enrolado em lâmina de alumínio e levado ao forno que havia sido aceso quinze minutos antes para esquentar. Trinta minutos depois, Six retirou do forno o tabuleiro com o peixe, colocou-o sobre a banca, livrou-o do alumínio, tomando bastante cuidado para que pedaços do peixe não se soltassem. Levou-o novamente ao forno para dourar. Foram mais quinze minutos e estava pronto o tucunaré. Depois de retirado do forno, o peixe foi colocado em uma vasilha rasa de porcelana.

Essa vasilha ele havia recebido de presente de Boanoite, uma bonita garota que compartilhou da amizade de sua mulher no tempo de solteira e de quem recebera o apelido. Foi o assunto do almoço. O molho voltou ao fogo brando para esquentar e foi colocado sobre a mesa em uma terrina.

Six, com uma faca e um garfo, foi com todo cuidado retirando o couro com as escamas do peixe e serviu Gerard. Já no prato, cobriu o pedaço de peixe com a "estratella" e colocou um pouco de arroz.

Enquanto almoçavam na pesada mesa da cozinha, Six observou a vasilha de porcelana Puiforcat que utilizara para servir o peixe, e notou que ela já estava um pouco machucada. Havia, pela sua borda, soltado uma lasca comprida, extirpando um pedaço de uma pétala da rosa vermelha que decorava a travessa. Mas já fazia também muitos anos que a ganhara de presente de Boanoite.

Começou a lembrar que em um de seus primeiros ensaios na cozinha, quando tinha apenas dezoito anos, tentou preparar um jantar no fogão da república onde morava durante o período de universidade. O jantar era para ser servido no seu quarto, numa homenagem que pretendia prestar a Lena Lina. Se não havia conquistado a garota na conversa inteligente e simpática que derramara sobre ela em várias noitadas com amigos e amigas em botecos da cidade, resolveu vencê-la pelo estômago.

Até então não tinha tanta experiência na arte que tão bem dominaria mais tarde, a culinária, mas achava que poderia ser possível, tendo em vista que Lena Lina não tinha por onde ser tão exigente.

Ela nunca havia demonstrado que possuía uma inteligência brilhante. Uma semana antes havia sido reprovada ao prestar exame para motorista. No momento em que cruzava a via férrea com seu instrutor acomodado no banco de trás do carro da auto-escola, e tendo ao seu lado o examinador do departamento de trânsito, Lena Lina ouviu em tons fortes:

– Pare aqui! Lena Lina pisou no freio do carro com toda força que tinha, e seu instrutor, que não esperava por isso, foi de encontro ao encosto do banco do examinador, fazendo com que ele se projetasse com mais força ainda no painel dianteiro, achatando o nariz no pára-brisa. O examinador, se ajeitando meio assustado, disse quase gritando:

– Lá vem o trem! Boanoite, como uma gata em esperteza e velocidade, assustada, abriu rapidamente a porta do carro e saiu, correndo até alcançar a calçada, onde parou ofegante. Procurou saber para onde os dois passageiros tinham corrido. Não encontrou nenhum deles e, notando que estava sendo observada pelas pessoas que por ali passavam, abaixou-se um pouco, para observar o interior do carro.

Lá estavam os dois roxos de tanto rir. O instrutor passou para o lugar do motorista e reconduziu o carro até ao ponto de partida do exame, porque Lena Lina fora embora à pé, e, toda vez que olhava para trás e via os dois rindo, fazia um gesto obsceno com o dedo médio em riste. Desde então ela sempre afirmou que fora conduzida ao erro pelos dois.

Quando Six foi para a cozinha da república, pretendia preparar para Lena Lina uma macarronada. Não seria muito difícil, pois tinha já a postos uma lata de molho pronto, sendo necessário apenas preparar o macarrão, jogar esse molho esquentado sobre ele e estava tudo pronto. E foi o que fez. Apenas não sabia que o macarrão teria que ser colocado na panela somente depois que a água estivesse fervendo. Colocou tudo de uma vez sobre a maior trempe do fogão que servia para cozinhar para um batalhão, e com o fogo no mais forte possível, foi para o seu quarto esperar pela garota.

Lena Lina chegou às oito da noite, como haviam combinado, trajando um vestido longo, branco e decotado, mostrando que seus dotes não eram realmente modestos. Foi acomodada com toda cortesia pelo anfitrião. Six, então, desembestou-se escada abaixo, numa disparada só até à cozinha, destampando a panela com o macarrão.

Foi um susto!

Havia na panela uma massa uniforme de cor escurecida com uma cratera no meio, soltando uma fumaça escura como um vulcão. Não havia conseguido preparar o jantar para Lena Lina e ela ia voltar para comer em casa, levando a sua grande chance. Assentou-se num banco que havia ao lado do fogão, pensando como poderia sair do compromisso de ter que preparar um jantar, sem que desaparecesse a sua pretensão de uma grande noite ao lado de Lena Lina. Assim, tomou a decisão de retornar e tentar, de alguma forma dissuadi-la do jantar.

Quando entrou no seu quarto, não viu a moça assentada na poltrona que havia à direita, ao lado da mesa que usava para seus estudos. Lena Lina estava deitada de costas na sua cama, completamente nua. Six não sabia o que dizer.

– Será que a coisa, na verdade, é realmente assim tão fácil, pensou ele sem compreender direito o que estava acontecendo. Era tudo o que ele queria - mas assim? E não seria preciso pelo menos uma conversinha antes? E os carinhos que antecediam um ato de amor, seriam mesmo necessários?

Six, com as faces completamente avermelhadas, olhando parado e espantado para Lena Lina exuberante, não sabia o que dizer. Uma fera morena na sua cama toda branca. Havia passado o dia inteiro pensando como abordaria a garota dentro do seu reduto; o que diria a ela para conseguir o que queria...

Agora não precisava dizer mais nada e já estava tudo resolvido. Com todo desprendimento, Six tirou suas roupas, jogou os sapatos para os lados e saiu andando e pulando, porque queria andar e tirar as meias ao mesmo tempo. Quando terminou de se despir, estava ao lado da cama tocando as costas de Boanoite suavemente.

Quando acordaram de um prolongado cochilo, sentiram que estavam com uma fome canina. Afinal o motivo do encontro foi um jantar que não aconteceu.

- Preciso comer alguma coisa, disse Six ainda meio sonolento.

- Mais? perguntou a garota com ar jovial e bem disposta. Não acha que seis vezes é um pouco demais para uma noite só?

- Seis?! assustou.

- Sim, seis! E ainda acha pouco?

- Não, estou achando muito! Nunca pensei... e parou por aí. Percebeu que não deveria prolongar muito a resposta. "Você não precisa dizer nada; qualquer coisa que falar poderá ser usada contra você mais tarde..." pensou.

Os dois riram muito e tomaram a decisão de que deveriam providenciar algo para comer, desde que Six não se atrevesse a ir novamente para a cozinha. Foi assim, então, que Lena Lina se lembrou de que, ao sair de casa, às oito da noite, sua mãe estava terminando de preparar um macarrão ao molho de carne.

- Espere aqui um pouco; volto já.

Cerca de vinte minutos depois, estava Lena Lina entrando de volta no quarto de Six, carregando uma travessa de porcelana Puiforcat, que seus pais haviam comprado em uma viagem à Europa, e dentro dela uma boa quantidade de macarrão ainda fumegante, coberta por uma porção generosa de molho de carne moída, bastante vermelho e exalando um cheiro fantástico (não só pela fome que os dois estavam no momento).

Macarrão ao molho de carne

Dona Sarash Furnieck era uma estrangeira bonita, bastante jovem para ser mãe de uma moça como Lena Lina. A beleza de Lena Lina, assim também como a inteligência (que, de passagem, não era tanta), foram qualidades herdadas da mãe, com certeza. Mas dona Sarash era uma boa cozinheira. Fora casada com um general que chegou até a ser assessor do ministro, porque era um homem sério (não ria jamais). Nessa época Lena Lina tinha quatorze anos e morou na capital, onde teve grandes e importantes lições de vida.

Quando Lena Lina, chegou em casa para se aprontar e se encontrar com Six e seu jantar, dona Sarash já estava com uma panela com dois terços de água fervente. Colocou uma colher, das de sopa, de sal na água que estava fervendo, adicionou a mesma quantidade de óleo de soja, apanhou na despensa um pacote de quinhentos gramas de macarrão, abriu e colocou na panela. Foi ajeitando o macarrão com um garfo enquanto amolecia. Quando ele ficou totalmente submerso, tampou a panela, deixando uma fresta para sair o excesso de vapor e não espumar, derramando.

Enquanto o macarrão cozinhava, dona Sarash colocou em outra panela aproximadamente trezentos gramas de carne moída. Essa panela já estava quente e com duas colheres, das de sopa, de óleo de soja. A carne, quando caiu na panela, deu um chiado tão forte que Lena Lina ouviu lá do seu banheiro. Dona Sarash ficou mexendo com uma colher de pau até que a carne ficasse bem solta e depois tampou. Ao secar a água que surgiu da fritura da carne, ela recomeçou a mexer. Quando estava bem quente, soltando um vapor que sua mão mal podia ficar segurando a colher de pau, colocou três tomates picados, sem pele e descaroçados, misturou e tampou para cozinhar.

Depois de dez minutos de cozimento, dona Sarash adicionou um pouco de água e logo depois adicionou duzentos gramas de polpa de tomate e o tempero que preparou socando quatro dentes de alho com duas colheres de sal. Misturou bem, tampou a panela e deixou cozinhar.

Enquanto isso, foi olhar como estava o macarrão. Com um garfo, apanhou alguns filetes e provou. Estava ainda um pouco duro e a água já não era muita. Então adicionou mais um pouco de água quente e voltou à panela que cozinhava a carne, provando. Notou que o tempero estava no ponto certo, mas o caldo estava ainda um pouco ralo.

Depois de tampar a panela pensou que, se o molho não engrossasse só com os tomates, poderia fazê-lo usando um pouco de fécula dissolvida em meio copo de água fria, virando tudo na panela com o molho fervendo e logo mexendo bastante para não embolar. Esse artifício sempre usou, porque o general gostava do molho bastante denso.

Toda vez que dona Sarash Furnieck preparava esse macarrão, lembrava do seu general com saudades - ele gostava muito. Quando o general recebeu sua última promoção e foi servir no gabinete do ministro, ele adoeceu até bater numa cama e não levantar mais.

Depois do enterro do general Furnieck com todas as honras militares, dona Sarash recebeu a visita de um grupo de amigas para um chá, que foi bastante animado. Falaram sobre suas empregadas, seus novos carros, e a respeito do general que, antes de adoecer, havia comprado um novinho:

- Agora que sou assessor de ministro, tenho que andar em carro novo, disse um dia. Falaram sobre filhos e vazamentos que estavam acontecendo nos telhados por causa das chuvas... Em determinado momento, uma das amigas, lembrando o general, perguntou:

- Sarash, sempre tive vontade de perguntar, mas achava que não devia; afinal você estava tão nervosa com a doença do general... Mas, agora que tudo já passou, o general tinha afinal o quê?

Dona Sarash deu uma virada na cadeira, debruçou sobre a amiga, com todas as outras companheiras caladas esperando a resposta que veio num sussurro, mas com tom de raiva:

- Olha, quer saber de uma coisa? Quer saber na verdade o que aquele cachorro tinha? Ele só tinha uma porcaria de um lotinho na Zona Norte que, se eu for vender, não dá nem para trocar os pneus do carro...

Dona Sarash verificou que o macarrão estava no ponto certo de cozimento - nem muito duro, nem muito mole - colocou-o no escorredor, passando-o sob a torneira da pia, enxaguando-o. Derramou sobre ele, que ainda estava no escorredor, uma chaleira da água quente, esquentando-o novamente, e deixou escorrer. Virou tudo dentro de uma travessa e cobriu com o molho de carne bem quente.

O molho de carne, antes de ser usado para cobrir o macarrão, recebeu duas colheres, das de sopa, de açúcar refinado. Foi o toque final. Estava pronto para ser servido. Deixou a vasilha dentro do forno do fogão, coberta com uma folha de lâmina de alumínio para que não ressecasse. Então surgiu Lena Lina, vindo da república de Six, a procura de algo para que os dois pudessem matar a fome.

Macarrão ao molho de carne

Um pacote de 500 gramas de macarrão
300 gramas de carne moída
três tomates depelados e descaroçados
200 gramas de polpa de tomate
2 colheres das de sopa de óleo
2 colheres, das de sopa, de açúcar refinado
Tempero de sal e alho

O cheiro da macarronada preparada pela mãe de Lena Lina impregnou todos os cômodos do casarão, ficando na história da república como o maior sucesso culinário dos últimos anos da velha cozinha e, além de tudo, preparado por Six. Foi assim que começou a surgir a sua fama de bom cozinheiro. E ele passou a tirar partido disso.

Terminaram de comer e Six recolheu os pratos e os talheres, a travessa completamente vazia e desceu até à cozinha, onde lavou tudo. Os talheres e os pratos ficaram sobre a banca da pia e a vasilha voltou com ele para o quarto, para ser devolvida a Lena Lina.

– Não, você vai ficar com essa travessa aqui. Não vou chegar em casa a essa hora ou sei lá quando, com ela nas mãos. É dar muito na cara! Vamos para o Coruja.

Saíram os dois descendo a ladeira, dizendo um para o outro falsas juras de amor. Talvez uma maneira para justificar a travessura da noite. O Coruja era o bar do Alan Gazelle, amigo de todas as horas e de todos os fregueses. Possuía três ambientes com seis mesas em cada um deles, separados por arcos de grossas paredes e não muito altos. Six tinha que abaixar a cabeça para transpor dois deles.

As mesas possuíam dois bancos para duas pessoas cada um e tinham os tampos construídos de grossas tábuas, onde os freqüentadores sempre deixavam gravadas mensagens de amor, corações flechados desenhados e até palavrões gravados a canivetes.

Nas paredes, quadros de artistas (às vezes freqüentadores também) que expunham seus trabalhos para uma possível venda.

Quando os vendiam, o dinheiro mal dava para pagar as despesas que estavam se acumulando no "prego" do Alan Gazelle. No fundo do primeiro ambiente, o da entrada, estava o balcão do bar onde os boêmios e amantes da noite se acotovelavam. Atrás do balcão uma banca com uma pia, um fogão e um amontoado de caixas de cerveja, panelas, pratos e outros utensílios.

O teto era de treliça de ripas de madeira pintadas de marrom escuro, dando um ar bastante sombrio ao ambiente. Era quase uma masmorra. E foi esse o nome que Gerard Vallon sugeriu a Alan quando ele estava decorando o bar. O proprietário não aceitou a sugestão, preferindo "Coruja" mesmo. – Bicho da noite, afirmou.

Six e Boanoite entraram no Coruja às onze e trinta da noite. Ocupando a "mesa da diretoria", maior do que as outras certamente, e a última do terceiro ambiente, estavam Gerard, Fermon Quetti, Jordano Brasser, Aldo Rutte, Alan, Elenka e Aurora Pink.

Fermon Quetti, com seus dois metros de altura, jogador de basquete e acumulador de toda magreza possível em um ser humano que conseguisse ficar de pé, trabalhava com Six em tarefas que conseguiam, organizando e promovendo pequenas campanhas publicitárias de empresas, geralmente lojas de propriedade de amigos. Dali tiravam o sustento da boemia.

Durante todo o período em que foram estudantes de comunicação, os pais os mantiveram, mas nunca com folga de dinheiro para bares e farras. Tinham mesmo que procurar alguma forma de ganhar mais dinheiro e assim não ficarem só estudando.

Jordano Brasser, filho de estrangeiros, conservava os hábitos de origem. Era alegre, sabia todas as piadas novas que estavam circulando na praça, mas trazia consigo o ar de seriedade e honestidade, aliados a um apuradíssimo senso de humor. Seus cabelos, penteados com o maior cuidado e muito bem cortados, exigiam que fosse sempre ao cabeleireiro, mesmo que só para uma aparada.

Aldo Rutte era dos mais interessantes. O seu tipo gordo, grande e desengonçado, com suas tiradas que sempre eram motivo de chacotas, fazia com que se tornasse pessoa importante no grupo. Quando a conversa não estava muito boa, Aldo sempre aparecia com alguma novidade que mudava o astral da turma. Afinal, tinha que existir alguém que suportasse a carga hilariante dos outros.

Elenka e Aurora Pink eram duas estrelas. Eram as paixões de todos. Elenka, de estatura mediana, possuía o rosto mais bonito que se podia ver na cidade e um corpo escultural. Já Aurora Pink era diferente: alta e com um belo corpo, possuía as maçãs do rosto bastante pronunciadas, rosadas e um nariz perfeito. Os cabelos sempre com um despenteado programado, acentuavam as suas maneiras descontraídas e simpáticas, encantando a todos.

Quando Six e Lena Lina assentaram-se, Aldo Rutte não perdeu a oportunidade de ser o primeiro a falar, como não poderia deixar de ser. E quando isso acontecia, todos esperavam, porque surgia sempre oportunidade para comentários interessantes.

– De onde vocês dois estão chegando a essa hora? perguntou.

Boanoite sentiu o seu rosto queimar e não disse nada. Continuou cumprimentando os amigos, tentando disfarçar o seu mau jeito. Six também não disse nada, mas Fermon e Gerard perceberam que havia algo diferente no ar. A cara de Six não negava. E era coisa boa. A curiosidade tomou conta de Gerard, e Fermon ficou encostado com a cabeça na parede de fundo do bar, com o queixo levantado, olhando para Six com um ligeiro sorriso de interrogação, recebendo como resposta um rápido piscar do olho esquerdo.

Para que não fosse mais interrogada, Boanoite convidou as duas garotas para que a acompanhassem até ao banheiro. Lá ela contou o que havia aprontado até aquela hora da noite e fez comentários irritados sobre a indiscrição de Aldo Rutte.

Bastou que as três moças se retirassem da mesa para que todos debruçassem sobre Six e soubessem o que havia acontecido. Six, sem muitas explicações, impudente e desavergonhado, disse baixinho para os amigos:

– Six, meu bem, six... six...

Os outros ficaram parados sem compreender, até que Jordano disse:

– Você está me gozando! Deu seis? Não! Não acredito mesmo! Não quero discutir aqui se Lena Lina merece ou não. Mas acho que você não está com essa corda toda não!

– Six, meu bem! Six...

Foi uma risada geral. E foi também que, a partir desse dia Rodan Solarti nunca mais foi chamado pelo seu próprio nome pelos amigos. A coisa ficou tão séria, que ele mesmo acabou se acostumando e, às vezes, quando alguém o chamava de Solarti ou simplesmente Rodan, assustava-se e tinha até uma certa dificuldade de assimilar.

Elenka foi quem ficou mais chocada com a narração de Lena Lina. Aurora Pink não se importou muito; achou até graça.

O melindre todo de Elenka foi proporcional ao tanto que amava Rodan e resolveu, de uma vez por todas; decidir logo essa situação.

A partir desse momento, adotou um novo tipo de comportamento diante do grupo de amigos para, de uma forma ou de outra, definir sua posição com relação a ele. Seis meses depois estavam morando juntos na república, no quarto de Six, claro que sem o conhecimento dos seus pais e dos de Six.

Logo que se formaram na universidade, casaram-se. Elenka não admitia mais a companhia de Lena Lina, e quando tinha que se referir àquela que fora sua amiga por tantos anos, tratava-a de Boanoite. Os amigos se divertiam.

– É uma flor muito bonita, de uma *trepadeira*, mas que só surge à noite e, quando amanhece, murcha com a luz do dia, explicava.

Elenka se casou e foi morar na bela casa de Six e o grupo continuou unido, mas sem a presença de Boanoite. O trabalho de Six e Fermon Quetti passou a ter conotação bastante profissional, surgindo mais tarde uma pequena firma de publicidade, a Sixfer Clipping Publicidade que, em conseqüência do grande relacionamento pessoal dos dois, resultou na obtenção de importantes contas, inúmeras campanhas premiadas no país e no exterior e, evidentemente, bastante dinheiro no banco.

A vida de Elenka era boa. Nunca lhe faltou dinheiro para as viagens longas, que gostava de fazer com o marido e os dois filhos; promovia grandes jantares requintados, sempre usufruindo do grande interesse que Six tinha pelo preparo dos pratos para servir aos convidados. Com a grande experiência culinária que o marido adquiriu ao longo dos anos, chegava receber amigos com todo o trabalho de cozinha executado por Rodan.

Labella de língua

A mesa da cozinha de Six se tornou o mais importante ponto de encontro do pequeno grupo de amigos. Algumas noites durante a semana e religiosamente todos os fins de semanas, havia reuniões em que se discutiam e resolviam os problemas da nação.

Nesta sexta-feira, Six trajava um avental que recebera de presente de um cliente proprietário de uma grande indústria de confecções. Era em um brim encorpado, totalmente branco, com um grande bolso na frente, logo abaixo de uma faixa azul que o cingia pela cintura e presa por um laço dado nas costas. Na parte superior esquerda do avental, existia um outro bolso, este menor, com "gran chef Six" bordado a mão.

Jordano entrou na cozinha trazendo uma caixa embrulhada em papel fino para presentes. Tinha aproximadamente cinqüenta centímetros de comprimento e vinte e cinco de largura; a altura era pequena: não mais que cinco centímetros. Mais parecia um grande livro.

– O que temos de bom para hoje? perguntou Jordano.

Six virou assustado para ver quem era o primeiro a chegar. Ele tinha dado um pequeno pulo, tremendo todo o corpo com a chegada inesperada do amigo. Quando viu quem era, deixou sobre a banca a faca e a língua de boi que estava sendo limpa, pegou uma toalha ao lado e, secando as mãos, abraçou Jordano Brasser de uma forma diferente do que de outras vezes quando se viam. O amigo acabara de chegar de uma viagem à Europa, onde fora tratar de negócios.

Jordano Brasser, desde que se tornou um sucesso em literatura, nunca mais parou de fazer viagens ao exterior. Às vezes viajava para estudos e pesquisas e outras vezes para estreitar relacionamento com editores e agentes literários que conduziam as publicações de seus livros em outros países. Até então não havia se casado, mas sempre estava acompanhado de namoradas, sempre belas e essencialmente inteligentes.

Certa vez, recebeu a visita de uma francesa de longos cabelos negros e grandes olhos azuis que lhe fizera companhia durante quinze dias que passou em Paris, por ocasião do lançamento do seu primeiro romance editado em língua francesa.

Desfilou com a moça por todos os bares, boates, restaurantes e clubes da cidade até que, em um passeio numa tarde, a conduziu ao topo da torre da praça principal, monumento que servia para suportar as antenas das emissoras de rádio e televisão. Saíram do elevador, subiram mais cerca de cento e vinte degraus para alcançar o mirante de onde se via praticamente toda a cidade. Via-se o aeroporto quase no horizonte, o grande Rio São João cheio de barcos de todos os tamanhos, os edifícios e, aos seus pés, a praça principal em toda sua extensão.

– Esta é a maior área ajardinada urbana do mundo, disse olhando para a garota francesa e apontando para a praça embaixo, com seus oito quilômetros de comprimento. Quantos quilômetros você acha que tem daqui onde estamos, até ao final, lá adiante? perguntou.

A francesinha colocou as duas mãos sobre o peitoril de proteção do mirante, esticou os braços, inclinou até que seu ombro esquerdo tocasse o ombro direito dele, pensou por um instante, e com os olhos fixos no que podia ver de mais distante na praça, disse:

– Uns dois mil quilômetros... e olhou por cima dos óculos escuros para o Jordano Brasser desapontado.

– Amor, dois mil quilômetros é quase a distância de Paris e a Atenas. Vamos lá! Vou lhe dar outra chance: que distância você acha que tem daqui até ao final da praça?

A garota, mantendo os braços esticados, inclinou para o outro lado mirando novamente o fundo da praça e, sem olhar para o companheiro, disse:

– Uns mil!... Exclamou.

Jordano Brasser pegou a moça pelo braço, sentiu vontade de jogá-la dentro da fonte luminosa que esguichava água por todos os lados, duzentos metros abaixo dos seus pés. Se não morrer da queda, morre afogada, pensou. Insinuou um sorriso balançando a cabeça e saiu conduzindo-a escada abaixo para tomar o elevador.

– Detesto mulher ignorante!... falou na sua língua para que ela não compreendesse.

Six desembrulhou o presente que o amigo lhe entregara, retirando da caixa uma peça retangular de madeira, onde estava esculpido em alto-relevo:

LA TAVOLA DE SIX
au bon gourmet

Em menos de um minuto a tabuleta estava pendurada na parede junto à porta da cozinha. Era uma homenagem que Jordano Brasser prestava ao companheiro pelos grandes momentos de bom sabor, fazendo uma honesta alusão à importância daquela mesa no centro das atividades culinárias de primeira qualidade que ali aconteciam.

Enquanto Brasser narrava para Six os acontecimentos dessa última viagem, o cozinheiro retornou aos seus afazeres. Ia preparar a "lambella de língua", prato batizado por Fermon Quetti, que era quem mais se preocupava com que todas as receitas deliciosas imaginadas por Six ficassem registradas.

Com uma faca amolada e sobre a tábua, foi retirando em finas fatias a grossa pele que envolve a língua, que por sua vez, já havia passado por cerca de quinze minutos em uma panela de pressão com água e tempero de sal, alho socado, cebola, salsa e cebolinha verde. Depois de totalmente limpa e lavada, a língua foi colocada novamente na panela de pressão.

Desta vez Six adicionou apenas uma colher, das de sopa do tempero que preparou, duas cebolas picadas, três tomates descaroçados e picados, salsa e cebolinha verde e uma pitada de pimenta-do-reino em pó. Fechou a panela e levou-a ao fogo forte até começar a ferver, passando depois para o fraco.

Enquanto cozinhava, colocou cinco batatas inglesas em uma panela com água quente e levou ao fogo. Em outra panela, também com água quente, colocou quatro cenouras amarelas para cozinhar. Nas panelas com as batatas e as cenouras amarelas, colocou uma colher, das de sopa, de sal.

– Cheguei ontem à noite, disse Jordano Brasser. Essa placa foi esculpida na Praça dos Artistas enquanto eu bebi duas garrafas de vinho.

– Viu a francesinha burra?

– Não vi nem quero ver mais! Depois daquela história da torre ... pelo amor de Deus!

– E o livro, editado?

– Há quinze dias e com a segunda edição prevista para daqui noventa dias.

– É o segundo ou o terceiro livro publicado na França? indagou Six.

– É o segundo. Depois desse, agora tudo vai ficar mais fácil.

– Verdade.

– Existe um grande público para esse tipo de romance. Escritores importantes estão lançando dramas muito pesados e não é o meu caso. Estamos chegando à conclusão de que, para um romance ser sucesso hoje, necessariamente não precisa passar recados de sofrimento e dor. Coisas boas, alegria e descontração, estão se dando bem no mercado. A literatura se tornou um território livre e descompromissado, e isso dá ao público muitas alternativas. A literatura romântica, a paixão, o amor... isso vende.

– Mas o desamor, às vezes, é mais forte que o amor, interferiu Six.

– Tudo bem. Mas enquadra da mesma forma no que estou lhe dizendo. Fala de amor também. É a falta dele...

– O desamor é triste. Aí vai para o lado do drama pesado novamente. Quem sofre por amor não pode ser feliz... disse Six. Quem ama verdadeiramente não merece só sofrer. Nem deve sofrer. Sofrer por amor é tolice! Quem ama verdadeiramente só tem que estar feliz.

– Sofrer por amor não é drama pesado. A pessoa que sofre por amor, certamente será feliz. Ela terá somente duas saídas e essas duas saídas serão duas boas alternativas para quem sofre por amor. Se ela não consegue ter jamais a pessoa que ama, tirará de cima de si esse peso, essa dor, esse sofrimento... e pode ficar bem assim. Se ela conseguir conquistar o grande amor de sua vida, vai ficar feliz da mesma forma.

– Sim. Se ela conseguir. Mas se não conseguir, pode ficar aliviada, livre ou seja lá o que for... mas feliz, acho que não.

– Você disse tudo! Ela vai ficar livre e terá novas oportunidades. Poderá encontrar outro amor, que pode ser tão verdadeiro quanto o anterior.

– Acho que vai ficar é numa tremenda fossa. Uma enorme dor de cotovelos para carregar durante o resto da vida. E você pode falar muito sobre esse assunto! Está solteirão até hoje...

Os dois riram enquanto Six verificava as panelas. Pegou uma cerveja, abriu-a e voltou a sentar-se à mesa.

– Escute uma coisa, Six. Essa história de felicidade é, na verdade, muito relativo. Você acha que eu sou infeliz porque estou solteiro até hoje? Bobagem... Felicidade é apenas uma questão de conceitos preestabelecidos. Você, meu amigo, pode definir seus parâmetros para a sua felicidade. Se quer sempre mais do que já tem, não quer parar nunca, jamais poderá ser um homem feliz... Vai sofrer por isso...

Six ficou observando o amigo com seriedade, e Jordano continuou:

– Se você acha que sou infeliz, se tudo o que sinto e o que sou é, para você, infelicidade, eu vou lhe afirmar: desejo, do fundo do coração, que você seja "tão feliz o quanto eu sou infeliz"... disse Jordano Brasser lembrando um poema de Paulo César Pinheiro. Ele continuou com seu pensamento sem dar importância à presença de Fermon Quetti, que estava parado sob o vão da porta da cozinha, não sabia há quanto tempo:

– Para ser feliz, basta somente prestar atenção na própria vida... Quando se tem uma grande emoção, naquele momento se é feliz... ou está feliz. Agora pense no seguinte: a partir do momento que você consegue transformar cada instante de sua vida em momentos de emoção, você terá vários momentos de felicidade. A partir do momento que você consegue fazer com que sua vida seja uma seqüência de momentos de emoção, pode ser até pequenina essa emoção, será, sem dúvida, o homem mais feliz do mundo... o resto que se dane!

– Muito bem! gritou Fermon Quetti, ao passar pela porta e entrar na cozinha, puxando uma cadeira. - Dê-me uma cerveja também! Já sei o que vai sair hoje desse assombro de fogão: o prato se chama felicidade em pedaços ao molho de emoções.

– Ora bolas! gritou Six: Isso não se prepara na cozinha e não precisa de fogão; precisa de uma cama! De qualquer forma aceitamos a sugestão e vamos bolar uma receita que será batizada com esse nome: felicidade em pedaços ao molho de emoções.

– Aqui está parecendo um velório, com um papo desse nível. Façam-me o favor!... disse Quetti.

– Que velório que nada! Velório não tem cerveja e todo mundo conta piada baixinho, retrucou Six.

– Não tem cerveja? Depende de quem morre! Quando eu morrer quero que todos tomem o maior porre da história, disse Brasser.

– Vamos colocar logo uma música para melhorar o ambiente aqui dentro. Nunca vi você cozinhar sem som! Estou até achando que quem comanda essa droga aqui é o Beethoven, tá? Fermon levantou e foi para a sala procurar um disco para colocar no aparelho de som. Achou. O nome do disco era "O importante é que nossa emoção sobreviva".

Rodan Solarti tirou as panelas com as batatas e as cenouras amarelas do fogão, levando-as para a pia, onde escorreu a água quente e deixou-as ao lado para esfriar. A língua ainda estava na panela de pressão cozinhando.

As batatas e as cenouras esfriaram e foram descascadas e lavadas. Colocando-as em pedaços no espremedor, transformou-as numa massa amarelada. Adicionou uma colher, das de sopa, do seu tempero de vinha d'alhos, misturando bastante com as mãos até que a massa ficasse uniforme.

Na panela em que havia cozinhado as batatas, depois de lavada, colocou duas colheres, das de sopa, de manteiga, e quando quente, jogou a massa de batatas e cenouras. Adicionou imediatamente um copo de leite e foi misturando com uma colher de pau até que começou a ferver e a engrossar. À medida que misturava, com a massa de batatas fervendo, ficou prestando atenção: quando começar a soltar do fundo da panela; quando não estiver mais grudando na panela, vai estar na hora de tirar do fogo e estará pronto o "pirê barella", apropriadíssimo para acompanhar a língua.

O conjunto língua – pirê barella – arroz branco foi batizado de "lambella de língua" por Fermon Quetti.

Fermon Quetti, tomando uma cerveja gelada, tirou do bolso uma folha de papel e entregou-a para Jordano.

– Leia , afirmou sem olhar para o rosto do amigo, como estivesse temendo alguma coisa. Depois me diz o que acha, já que é o bom da turma nestas coisas de escrever. Se estiver bom, vou dar para o Gerard fazer uma música. Ultimamente só tem dado ele e o Six! Eu também quero entrar nessa de compositor. Sei que não entendo nada de música, mas posso participar só com as letras. Quem faz letra de música é compositor? indagou.

– Quem faz letra de música não só é compositor, como também é poeta, disse Brasser. Já pensou no Jobim sem o Vinícius? Quanta coisa boa poderia não ter surgido...

– É. De repente vou ser o "Vinícius" do Gerard.

– Mas que pretensão... comentou Six.

Jordano Brasser desdobrou o papel e começou a ler baixo, quando Six interferiu:

– Calma aí! Se vai ler, que leia para todos. Vamos ver como é.

Jordano leu:

CAMINHOS

Você me faz homem,
Eu lhe torno mulher.
Nas minhas faces, os prantos;
Quero alcançar o que dizem os cantos,
Dor que ficará em mim...

Você me faz homem,
Eu lhe torno mulher.
Essa dor que irá embora...
Longe daqui.
Sofrimento de viver!

Eu saio a procura dos seus encantos,
Vou pelos meus caminhos em vão
Procurando você por todos os cantos do mundo;
Você para me dar a mão.

Você me torna um homem que passou,
Eu lhe torno uma mulher que amou.
Essa é a paz que nós queremos,
Esse é o amor que viveremos em todos o caminhos.

Quando Jordano Brasser terminou de ler, Six se aproximou da mesa, olhou atentamente o papel e disse:

– Já vi coisa pior do que isso...

– Só se foi você quem escreveu, retrucou Quetti.

- Calma, homem! Estou elogiando...

- Elogiando dessa forma? Você acha que outros não podem fazer nada melhor...

- Vamos lá... Vamos ser sinceros: essa coisa até que não está mal...

- Como "essa coisa"? Como "não está mal"? Está ótimo se quer saber... gritou Quetti, retrucando Six.

- Tudo bem, tudo bem... não vamos brigar por causa disso. Pensando bem...

- Que "pensando bem" que nada...

- ...pensando bem... continuou Six, tudo que lemos e achamos bom e bonito, no fundo, gostaríamos de ter escrito ou de ter dito... É uma verdade. Esse conceito estabelece o mínimo para que possamos admirar o que foi feito de belo por outros. Se após termos lido um texto, gostaríamos de tê-lo escrito, é porque está muito bom para nós. São nossas determinações de volume de qualidade. Uma qualidade individual... e assim cada um determina a sua própria. Está bom... terminou Six.

Fermon Quetti acalmou-se.

- Isso que você está dizendo, disse Jordano Brasser, nada mais é que o conceito do "belo". O "belo" é universal. O que é "belo" para um, é "belo" para outro.

- Mas você que é escritor, meu caro Jordano, vai concordar comigo que, em se tratando de texto, o conceito de "belo" passa a ser individual. Eu posso ter gostado do poema do Quetti e o mesmo texto pode não lhe agradar...

- Sendo bom, pode agradar a todos.

- Nem sempre...

A discussão parecia não ter fim, quando Six levantou-se, foi até ao fogão e retirou do fogo a panela com a língua. Colocou-a sobre uma tábua e cortou-a em fatias. Com cuidado para não espalhar, deslizou os pedaços, mantendo-os juntos, para uma travessa rasa, cobrindo-os com o molho que ficou na panela. O pirê foi colocado em volta da carne picada e os amigos foram servidos com acompanhamento de arroz branco. Caso o molho não estivesse suficientemente denso, ele poderia ser engrossado com um pouco de fécula dissolvida em água fria e misturada ao molho quente, ainda na panela, fervendo por cerca de dois minutos.

Lambella de Língua

Uma língua de boi
5 batatas
4 cenouras amarelas
4 tomates
2 pimentões
2 cebolas
salsa
cebolinha verde
pimenta do reino
tempero de vinha d'alhos

Escorella de camarão

O governo municipal, por medida de contenção de despesas, resolveu restringir os gastos com a Orquestra Sinfônica Municipal. Os músicos há dois meses não recebiam seus salários e a tendência natural dos acontecimentos seria a desativação total das atividades da orquestra ou, pelo menos, a suspensão temporária dos ensaios e apresentações.

Fatalmente seria um desastre para a mais importante manifestação cultural da cidade, e cerca de cento e vinte profissionais de alto nível estariam desempregados. Eles se transfeririam para outros centros importantes e depois seria praticamente impossível trazê-los de volta.

Gerard Vallon iniciou então um trabalho exaustivo junto ao poder público e à comunidade, para que se criasse uma sociedade filantrópica que iria se responsabilizar por todas as despesas de manutenção da orquestra. A administração pública cuidaria da sustentação da grande sala de concertos, repassando para a sociedade filantrópica mantenedora da orquestra o restante dos valores apurados com a venda dos espetáculos.

Dessa forma, depois que Gerard dispôs de todo seu prestígio de compositor internacionalmente conhecido, surgiu a nova Orquestra Filarmônica Municipal, sendo ele próprio o dono da batuta.

O compositor Gerard Vallon alcançou certa projeção depois de ter sido premiado com o primeiro lugar no X Concurso de Compositores Eruditos promovido pela Boston Simphony Orchestra Foundation, dos Estados Unidos, com a sua 1ª Sinfonia.

Quando a Orquestra Filarmônica Municipal reiniciou suas atividades, ele retomou também seus trabalhos, que há um ano havia começado: queria de qualquer forma terminar seu primeiro concerto para participar do I Concurso Internacional de Música Clássica Contemporânea, promovido pelo governo inglês e pelo Royal Albert Hall.

O trabalho premiado com o primeiro lugar, além de receber quatrocentos mil dólares em dinheiro, seria apresentado pela London Philarmonic Orchestra, naquela que era a mais importante casa de concertos do mundo, e com transmissão por tevê via satélite para diversos países.

O Concerto Duplo Para Piano, Violino e Orquestra consumiu ainda três meses de trabalho árduo de Gerard. Nesse período, o compositor abdicou de tudo. Deixou de comparecer a festas e recepções; não saía para suas rondas etílicas noturnas e raramente ia até à casa de Six. Terminado o trabalho individual, iniciava-se outra fase não menos desgastante. Era fazer os acertos finais, desta vez com a participação de músicos.

Foram mais de trinta dias com cerca de vinte instrumentistas que ficavam na sala de concertos após cada ensaio da Filarmônica, para interpretar trechos selecionados por Gerard Vallon durante a noite anterior. Iniciou-se então a terceira e última fase com a orquestra completa para os ensaios da gravação, que deveria ser remetida com as partituras para Londres.

Os equipamentos dos estúdios da Sixfer Clipping Publicidade foram levados para a Grande Sala de Concertos Sinfônicos e instalados com toda a técnica para executar a gravação de forma perfeita.

A Grande Sala de Concertos Sinfônicos havia sido construída há mais de vinte anos e era a única no gênero no país. Exclusivamente para orquestras, possuía um grande palco central com uma ala posterior com grandes degraus para coral. Em volta do palco e da área para coral, estavam as poltronas dispostas em forma de anfiteatro, e os camarotes, para até dez pessoas, circundavam toda a sala.

Para o concurso do Royal Albert Hall, as composições teriam que ser obrigatoriamente inéditas, mas, aproveitando a oportunidade da gravação, foram confeccionados cem convites para autoridades e pessoas amigas. Estes não poderiam interferir de nenhuma forma na gravação. Uma prédica foi feita pelo diretor de gravações da Sixfer, informando que não poderiam se manifestar e por mais que viessem a gostar da audição, não deveriam sequer aplaudir.

- Se puderem evitar até tossir, tanto melhor, completou.

Todos os equipamentos ligados, operadores a postos, holofotes acesos e os músicos nos seus lugares. O segundo maestro da Orquestra Filarmônica Municipal iria conduzir. Gerard era o concertista ao piano e o solista de violino seria o primeiro violino da orquestra, que já havia ocupado o seu lugar próximo ao piano.

O historiador musical Keith Spence afirmou em um de seus livros que ouvir uma orquestra sinfônica de primeiro nível, tocando sem falhas uma obra-prima, é uma das mais empolgantes experiências que a civilização moderna pode oferecer. O clima dentro da Grande Sala de Concertos Sinfônicos era de pura emoção. Os cem convidados ocuparam um pequeno trecho do setor central da sala, formando uma ilha de pessoas. Não se falavam, não se mexiam. Havia uma grande expectativa quando Gerard assomou ao palco. Desta vez foi diferente de qualquer outro espetáculo: o maestro já estava a postos no seu pedestal para a entrada do compositor e concertista que assentou ao piano trajando um smoking impecável. Mas sua vasta e lisa cabeleira não tinha como ficar penteada.

Naquele momento Gerard organizou seus pensamentos. Uma nuvem de notas musicais de todas as cores o envolveu e era só isso que tinha agora em seu coração. Nesse dia não era uma serenata no calabouço do Alan Gazelle. Nesse dia não havia mais brincadeiras e chacotas de amigos enquanto ele dedilhava o piano de sua casa ou da de Six.

O primeiro violino conferiu a afinação da orquestra e o maestro levantou a batuta. A partir daquele momento ele, como regente, comandaria tudo. Seus olhos percorreram toda a orquestra e depois de um leve sinal a música começou. Primeiro o violino, outros violinos, instrumentos de madeira com suavidade e depois os outros instrumentos de cordas: as violas, os violoncelos e os contrabaixos.

Foi nesse momento que o maestro, em um gesto brusco com a batuta para baixo e os olhos arregalados para Gerard, determinou que ele deveria entrar. O som do piano, acompanhado do primeiro violino e de toda a orquestra invadiu a sala como um eflúvio inebriante, esfuziante. Os convidados, totalmente inertes, foram envolvidos por uma nuvem imaginária que os acalmou profundamente. Sentiam-se flutuar.

Uma onda de beleza e emoção tomou conta de cada um, conduzindo-os a um estado de perfeita satisfação. Um bem-estar fantástico. Foram momentos de grande delírio. Ao final do primeiro movimento, a orquestra foi se apagando, esmaecendo, e o primeiro violino dominou. O maestro não se mexia. Depois de um certo tempo, quando o som do violino chispava por todo o interior da sala de concertos e com um arqueio de sobrancelhas do regente, Gerard iniciou suavemente os toques no teclado que foram se intensificando a cada instante e ali, naquele momento, não havia sequer uma pessoa que não estivesse vivendo emoção tão grande.

Houve silêncio. Nestes poucos segundos para que se iniciasse o segundo movimento, Gerard, ainda com o som do violino nos ouvidos, só teve tempo para pensar: O violino realça o sabor do piano. A seqüência não foi menos emocionante, até que num final apoteótico, poucos conseguiram conter as lágrimas. Inclusive os músicos da Orquestra Filarmônica Municipal.

De dentro daquele imenso objeto negro e brilhante, no centro do palco, havia saído um som incrível. Houve momentos em que "o piano soava tão baixo que mal se podia ouvir e, em outros, explodia como um trovão". Todos perceberam que estavam diante de um gigante. Gigante da música e gigante do piano. Como Liszt, como Rubinstein.

Encerrada a gravação, extasiados tanto os ouvintes quanto os músicos, todos foram cumprimentar Gerard.

Six convidou os amigos de sempre para que fossem a sua casa. Apenas uma pequena comemoração. Essa comemoração, todos já sabiam como seria: mais uma reunião na távola de Six. Six nunca gostava de dizer antes o que iria preparar. No caminho, dirigindo o seu carro, pensava em alguma coisa que pudesse preparar com rapidez. Teria que ser um bom prato... fino. Nem prestava atenção nos comentários de Elenka quanto à composição de Gerard Vallon. Mas era preciso ser algo que não desse muito trabalho e que fosse rápido. Seria desagradável se seus amigos ficassem muito tempo esperando e já era um pouco tarde. Antes de chegar em frente à garagem de sua casa já havia decidido: escorella de camarão seria fantástico para a ocasião. Rápido, bom e fino... pensou.

Enquanto Elenka recebia os amigos, Six entrava na cozinha já com sua roupa trocada. Nesse dia o antigo grupo de amigos estava completo. Havia muito tempo que eles não se reuniam dessa forma: um encontro com o grupo completo.

Fermon Quetti iniciou a movimentação pelo bar. Providenciou gelo e whisky e estava servindo Jordano Brasser quando percebeu que Gerard acabara de chegar silenciosamente, ficando parado sob o vão da porta da entrada, observando. Imediatamente tomou bruscamente das mãos de Brasser a bebida que lhe havia servido e foi em direção ao amigo, entregando a ele a bebida que havia preparado para Jordano Brasser.

- Você primeiro, disse a Gerard.

- Olhem só! Vejam que tremendo puxa-saco. Tomou das minhas mãos e entregou para ele... observou Brasser - Dá na boquinha também...

Sem dar importância aos comentários, Quetti e Gerard dirigiram-se para a cozinha, sendo seguidos por Brasser e Aldo Rutte.

Six já havia começado trabalhar. Os camarões descascados foram colocados em uma panela com água quente e um pouco de sal com ervas finas para ferventar e, enquanto isso, lavava o arroz.

Todos se assentaram à tavola de Six e o arroz foi colocado de lado para escorrer. Six o lavou rapidamente em água quente da própria torneira da pia. Desta forma o calor ia fazer com que os grãos, enquanto deles escorresse a água, secassem mais rápido. O arroz lavado e seco é melhor para preparar: refoga mais rápido e não gruda na panela.

Aldo Rutte relatava que a noite anterior havia passado no hospital acompanhando seu pai que se recuperava de uma cirurgia. O enfermeiro que trabalhava no período da noite era um rapaz de vinte e cinco anos, homossexual, daqueles que andavam requebrando, gesticulando exageradamente e se horrorizando com qualquer coisa. Sempre que fingia se assustar, dava um pequeno pulo para trás e colocava as mãos em frente a boca, tampando-a depois de um grito estridente e curto.

Os camarões, depois de ferventados, foram colocados em uma travessa. Six tirou as peles dos tomates maduros que ficaram na água quente durante um minuto para que se soltassem, abriu-os tirando os caroços e as partes mais duras e picou-os.

Em uma panela colocou quatro colheres, das de sopa, de azeite de oliva e, quando quente, juntou uma cebola grande ralada, três dentes de alho socados e, mexendo com uma colher de pau, esperou dourar. Adicionou o tomate picado, um pouco de sal e misturou novamente. Quando o tomate começou a desmanchar, engrossando o molho, adicionou dois cálices de vodka e duas colheres, das de sopa, de folhas de manjericão picadas sobre uma tábua até que os pedaços ficassem bem miúdos. Tampou a panela, deixou cozinhar em fogo brando durante cinco minutos e desligou.

O arroz foi colocado em outra panela que já continha três colheres de manteiga quente. Six ficou misturando até que os grãos ficassem totalmente soltos um dos outros. Adicionou água fervente até que cobrisse o arroz, e, colocando o tempero, tampou. O fogo era fraco. Depois de alguns minutos a água do arroz já estava quase secando e Six colocou, então, mais um copo de água, desta vez fria, do filtro.

Daí por diante, periodicamente verificava como estava o arroz. Primeiramente provava para ver se estava cozido, adicionando mais água somente depois de constatar que precisava cozinhar mais. A quantidade nunca poderia ultrapassar o necessário: assim os grãos ficariam crescidos e soltos, importante para a apresentação do prato.

Pronto o arroz, colocou os camarões em um escorredor e jogou sobre eles água fervendo, colocando-os em uma travessa rasa e longa. O molho, depois de aquecido, cobriu os camarões na travessa que foi colocada sobre a mesa. O arroz foi para outra travessa, desta vez funda, e colocado também sobre a mesa. Foi servido vinho branco. Essa deliciosa e rápida receita Six aprendeu com Dona Rosa, proprietária do Maison Joly, em uma viagem de férias com a família para a praia.

Escorella de camarão

Servir com arroz branco
Acompanha vinho branco
Receita para dez pessoas

3 quilos de camarões grandes descascados
6 tomates maduros
1 cebola grande
3 dentes de alho
4 colheres, das de sopa, de azeite de oliva
Manjericão fresco
2 cálices de vodka
Sal
Ervas finas

A festa era para Gerard Vallon, mas quem foi o dono daquela noite foi Aldo Rutte. Quando terminaram o jantar, Rutte voltou ao assunto do enfermeiro gay. Durante os dias que passou acompanhando o pai no hospital, travou amizade com o homossexual, que o divertia com seu esgar e seus trejeitos. Ficou sabendo que Carlito Brisa, como era chamado, estava prestes a perder o emprego porque a cada ano os funcionários do hospital eram obrigados, pelo serviço de pessoal, a prestar exames de saúde de toda natureza para avaliação do estado físico, incluindo um exame de urina. O enfermeiro sabia que sua taxa de glicose estava altíssima e que fatalmente descobririam o elevado grau de sua diabetes. Seria desligado do quadro de funcionários do hospital.

Em agradecimento a atenção que o rapaz enfermeiro dedicou ao seu pai, Aldo resolveu colocar em prática o que havia idealizado para salvá-lo do desemprego, pelo menos por um ano.

A noite que antecedeu a gravação do concerto de Gerard Vallon seria a última que seu pai passaria no hospital e naquele dia, até às dez da noite, havia se encontrado com Fermon Quetti para alguns whiskies. Chegou ao hospital quando sua irmã, que passara o dia lá, estava pronta para sair.

– Espere um pouco, disse à irmã. Tome aqui esse frasco, vá até ao banheiro e faça xixi dentro dele.

– O que você está pretendendo com isso, Aldo? Eu não tenho nada, não preciso de nenhum exame, não estou doente!

– É exatamente porque você não está doente que eu quero o seu xixi. O meu não pode porque eu tomei muito whisky. Ande, vá logo!

– Não vou! O que é isso? Está achando que vou sair por aí fazendo xixi no copinho para qualquer um? O que você está querendo fazer? Vai tomar com gelo? Aldo riu e acabou contando para a irmã o drama de Carlito. Depois de bastante conversa, ela concordou. Deixou o frasco cheio na pia do banheiro e se retirou.

Pouco antes da meia noite o rapaz entrou no apartamento e Aldo, que já quase dormia, levantou-se, foi ao banheiro e apanhou o frasco. Entregou-o ao rapaz e disse:

- Olhe aqui, queridinha, esse xixi aqui é dos bons; não é de diabético. Entregue-o no laboratório, diga que é seu e o emprego estará garantido até ano que vem.

O gay assustou com a iniciativa de Aldo, mas concordou prontamente. Era realmente a solução! Como não havia pensado nisso antes? Afinal tinha tantos amigos no hospital e todos fariam o mesmo por ele. Saiu cantarolando até ao laboratório que ficava dois andares abaixo:

- Quem quer casar com dona baratinha que tem xixi no copinho... quem quer casar com dona baratinha...

Na tarde do dia seguinte, enquanto Aldo Rutte providenciava na portaria a saída do pai, Carlito Brisa estava dando o maior escândalo, com uma grande sacola à tiracolo com suas coisas e uma enfermeira com um copo d'água na mão tentando convencê-lo de que tomasse um calmante. Nas mãos do rapaz uma comunicação da administração do hospital de que estava despedido do emprego e o resultado do exame de sangue acusando "gravidez".

- Papai, você vai ser vovô, disse Aldo Rutte ao seu pai, enquanto saíam calmamente em direção ao carro que estava estacionado em frente.

Peixada de robalo

O barco de Six estava ancorado na marina do Iate Clube sendo abastecido. Logo pela manhã ele havia telefonado para o clube pedindo que fizessem uma boa limpeza e abastecessem os tanques e os recipientes de reserva de combustível.

Era um barco com cinqüenta e seis pés de comprimento. Na parte superior havia uma grande cabine de navegação com todos os instrumentos necessários para viagens longas, inclusive em alto mar. Afinal, de onde ficava sempre ancorado, existia apenas trinta quilômetros para que se alcançasse o oceano.

As grandes pescarias aconteciam exatamente no trajeto até à foz. Na parte inferior do barco ficavam três quartos com um banheiro completo nos fundos e, no centro, uma compacta cozinha com geladeira, fogão, forno, pia e uma banca onde se preparavam os alimentos; tudo isso cercado por armários que guardavam mantimentos e os outros apetrechos de cozinha.

A cozinha do barco de Six tinha de ser completa. Nela eram preparados grandes pratos e receitas fantásticas foram criadas em viagens de vários dias com grupos de amigos, quando, mesmos aqueles que nunca haviam praticado a pesca, acabavam com um grande exemplar no anzol, tendo, na maioria das vezes, que serem socorridos por pescadores mais experientes.

O rio São João era considerado um dos mais piscosos do mundo. Era freqüentado por amantes da pesca de todos os continentes; pescadores que chegavam à cidade com aparatos enormes para passar semanas desfrutando de tudo que o belo rio poderia proporcionar: as praias, o agradável clima, os recursos da região e, acima de tudo, os peixes em grande quantidade.

Six e Gerard, trajando roupas deslavadas, desfilavam pelo centro da cidade, entrando em diversas lojas onde compravam coisas de que iriam precisar durante a viagem. Eram anzóis, varas de pescar, pilhas para lanternas e uma série de outros apetrechos. Uma caminhonete os acompanhava e recebia a carga. Os mantimentos já haviam sido levados para o barco porque foram providenciados na véspera.

Ao meio-dia o barco zarpou da marina do Iate Clube em direção à foz, mas os dois tripulantes não pretendiam viajar tanto. Bastaria encontrar um bom pesqueiro pelo caminho e o barco seria ancorado, funcionando como base, de onde partiriam em outro barco menor para a pesca. O grande barco de Six possuía ainda uma praça na popa, exclusiva para a pesca, que era usada por Elenka e pelos filhos para tomar sol durante os passeios.

O tempo colaborava. Durante a viagem cruzaram com diversos tipos de embarcações: desde pequenos barcos de propriedade de ribeirinhos e pescadores profissionais, chamados de barranqueiros devido aos lugares de difícil acesso em que construíam suas casas, até grandes navios transatlânticos que tinham como último porto o cais do rio São João, ao lado da marina do Iate Clube.

Pelas quatro da tarde, quando estavam na cabine superior de navegação, Six percebeu que um pequeno barco que subia o rio fez a volta e vinha tentando alcançar o seu Vespúcio. Diminuiu a velocidade e, ao perceber os gestos do homem que o perseguia, desligou os motores.

O pequeno barco encostou. Era o velho Sidrack, um pescador antigo do rio São João, que durante a sua juventude só pescara em alto mar, onde enfrentou as maiores dificuldades que um homem pode enfrentar, mas também onde pegou os maiores peixes, proporcionando histórias fantásticas. Essas histórias serviram, durante toda a vida, para aumentar a suas expectativas de sucesso na pesca, levando-o à vitória pela própria fé, pelo amor que dedicava ao seu trabalho e aos seus companheiros embarcados e pelo grande respeito pelo mar.

Gerard lançou a âncora e o barco rodopiou lentamente levado pela correnteza, jogando a proa em direção rio acima. Pela plataforma posterior o velho Sidrack subiu a bordo do Vespúcio. Tinha o rosto castigado pelo sol, coisa normal nos intrépidos homens do mar.

As fortes rugas falavam com precisão de tudo que passou na sua luta pela vida. O velho Sidrack agora pescava para se distrair e não ficar desocupado, porque os seus dois filhos também se tornaram homens do mar. Eles mantinham o velho com seu pequeno barco, pois sabiam que se ele não navegasse no rio São João não precisaria mais viver. Sidrack tinha o amor pela vida e pelo rio da sua vida. O rio do amor. O rio São João.

- Doutor, há muitos dias que estou pescando por aqui esperando encontrar o senhor, disse Sidrack ao entrar no barco de Six. Tenho o mais belo robalo que pesquei nos últimos tempos... tome-o, e entregou um exemplar magnífico de seis quilos, prateado com uma fina listra negra que o cortava ao meio, de ponta a ponta. - Peguei agora! exclamou o velho.

- Isso é ótimo! Já temos o nosso cardápio completo para o jantar. Deixe este seu barco amarrado aí atrás e fique conosco; estamos só os dois, eu e Gerard, e pretendemos fazer uma boa pescaria. Six sabia que a companhia do velho Sidrack era o sucesso garantido da pescaria; o velho sabia tudo.

Sidrack desceu até seu barco e com uma faca amolada limpou o peixe. Antes de abri-lo, raspou-o para retirar as pequenas escamas prateadas. Sobre uma tábua, partiu o robalo em postas de três centímetros de espessura, enxaguou os pedaços na água do rio e levou-os em uma bacia para a cozinha do Vespúcio.

Six abriu uma cerveja, servindo Gerard e o velho. Assentaram nas poltronas da parte posterior descoberta do barco e Six fez o convite ao amigo pescador:

- Fique conosco; vamos pescar por uns quatro dias e depois voltaremos; afinal, quem sabe tudo sobre esse rio é você.

Para o velho Sidrack foi fácil aceitar o convite. Não fazia outra coisa na vida, e com os dois companheiros ia ter o conforto do Vespúcio, coisa que nunca desfrutou na sua vida inteira nos árduos dias de alto mar, quando lutava pela sobrevivência e mantinha sua mulher e seus dois filhos pequenos com o que retirava das águas do oceano.

O sol o castigava, mas o mar o mantinha. O sol marcava cada vez mais o seu rosto e o seu corpo inteiro, mas o mar lhe dava o alimento.

A despeito da segurança que sentia ao navegar, as tempestades sempre o amedrontavam. Não obstante a certeza que tinha que voltaria para casa toda vez que viajava para o mar, era impossível não sentir medo quando parecia o céu lhe cair sobre a cabeça. O seu pequeno barco era jogado pela violência das ondas contra as outras, fazendo água por todos os lados. Era grande a sua luta para controlar a direção certa, tendo ao mesmo tempo que impedir que o seu barco se enchesse de água. Mas a sua força e a sua fé eram maiores. Sidrack sempre lutou e sempre venceu.

Venceu as ondas, as tempestades, o sol e os peixes. Mesmo tendo cursado apenas o primário, o velho, em dias de calmarias, gostava de ler os livros que levava para as viagens. Levava revistas, jornais, tudo que poderia preencher seu tempo longe da terra firme. Isso o desacostumou de conversar sozinho durante as longas viagens.

Ainda quando tinha seus quarenta anos, surpreendeu-se fazendo perguntas e respondendo-as ao mesmo tempo. Estou ficando é muito doido, pensou. Com os livros nunca mais deu bom dia a si próprio quando acordava pela madrugada para recolher suas redes com a pesca. Com os livros criou o hábito de pensar. Pensar era o mesmo que conversar consigo mesmo, mas em voz baixa e sem parecer louco. Era melhor assim. Pensava nas histórias que lia, na mulher falecida, nos filhos e nos peixes que estavam sob os seus pés.

Sidrack era um aposentado do mar, mas não estava aposentado da vida. Sua vida era agora o rio São João. Ele gostava de contar histórias que se tornaram lendas na região, todas elas relacionadas com o "seu" rio e muitas delas criadas por ele mesmo. Quando era jovem e voltava de suas pescarias, chegava em casa somente no dia seguinte, depois que atracava sua pequena traineira e acompanhava seus amigos para a segunda rua depois da do cais do porto, onde proliferavam bares e casas de prostituição. Durante a noite passava por vários bares, várias casas e quartos de muitas mulheres.

- São as águas do rio, dizia para justificar sua grande disposição física depois de muitos dias no mar. Assim Sidrack criou mais uma história, que se tornou na lenda de que o rio São João é o rio do amor. Daí por diante, quem usasse de alguma forma o rio, certamente se tornaria uma pessoa feliz no amor.

- Doutor, disse o velho a Six, olhando fixamente para o seu copo de cerveja, o senhor sabia que esse rio é abençoado por Deus?

- Abençoado por Deus? Claro que é! Depois de tanto peixe que tem até hoje, com tantos navios e tanta poluição... claro que é abençoado, exclamou Six.

- Isso mesmo doutor, ele é abençoado... esse rio é santo! O senhor sabia que qualquer um que nele nadar, navegar ou pescar, não vai ter problema para o resto da vida? Veja o meu caso: sou pobre, a coitada da minha mulher morreu há vinte anos, porém feliz; os meus filhos trabalhando e eu aqui, da forma que estou, não tenho nada que reclamar da vida...

- Mas Sidrack, interferiu Gerard, o que o rio tem com isso? Você está bem agora porque trabalhou e lutou para alcançar isso! Você brigou a vida inteira e agora tem os seus direitos conquistados!

- Não, doutor maestro, se fosse em outro lugar, não seria a mesma coisa. Minha mulher poderia até estar viva e não estar feliz. Eu poderia não ter os filhos que tenho! Não é assim não, doutor. É o rio mesmo... ele é santo!

- Tudo bem; que essa santidade do rio recaia sobre nós também, disse Six.

- O senhor já foi atingido, doutor. O senhor não precisa de mais nada. Nem o doutor maestro. E foi por causa do rio, tenham certeza disso! Quando o velho acabou de falar, levantou-se e tirou do bolso do surrado paletó uma folha de papel dobrada várias vezes, amarelada e manchada por ter sido até molhada.

- Doutor, eu queria que o senhor guardasse isso. Se ficar comigo vai desaparecer um dia, e eu não gostaria que viesse acontecer. Entregou a Six o papel encardido.

Six desdobrou-o com cuidado para não rasgar e leu as poucas linhas escritas. Quando terminou, levantou-se e se dirigiu à cabine superior de comando. Lá pegou o rádio e chamando, foi atendido pela sua secretária na Sixfer.

- Anote o que vou lhe passar, e ditou. Mande fazer o mesmo que foi feito com aquele texto que lhe entreguei na semana passada, lembra?

- Sim, pode deixar, disse a secretária.

- Mande preparar dois deles com esse texto e me entregue amanhã no poço da Coroa Alta, onde vou estar atracado. Obrigado e desligo.

Gerard Vallon apenas observava o velho atento ao que poderia estar acontecendo na cabine de comando, sem manifestar curiosidade. O Vespúcio começou a se movimentar, rebocando o barco de Sidrack e às seis da tarde a âncora foi lançada no centro de uma grande volta do rio. A Coroa Alta era um dos pesqueiros prediletos do velho Sidrack.

Six colocou uma chaleira com água para ferver. O robalo foi temperado com dois dentes de alho socados e duas colheres, das de sopa, de sal. Depois adicionou um punhado de salsa, coentro e cebolinha picadas e misturou com as postas. Picou as cebolas, os tomates descaroçados e os pimentões em rodelas.

Em uma panela grossa colocou três colheres, das de sopa, de azeite de oliva, forrando o seu fundo com alguns pedaços de tomate. Esse procedimento ia impedir que os pedaços de peixe se prendessem na panela ao cozinhar. Colocou uma camada de postas do peixe cobrindo-as com tomate, pimentão e cebola. Depois foi outra camada de peixe e sobre ela outro tanto de tomate, cebola e pimentão. As últimas postas de peixe foram colocadas na panela e também recobertas com o tomate, a cebola e o pimentão. Três colheres cheias de massa de tomate foram espalhadas em cima de tudo e a panela foi para o fogo forte durante cinco minutos e depois passou para o fogo fraco. Não foi colocada nenhuma água para o cozimento. O peixe teria que ser cozido na própria água que ia surgir à medida que fosse esquentando.

Depois de trinta minutos estava pronto o prato preparado com o robalo do velho Sidrack. Foi servido com arroz, e a pimenta foi colocada a critério de cada um no seu próprio prato.

Até às dez da noite pescaram vários peixes, todos eles pequenos. Alguns foram devolvidos ao rio porque mereciam crescer mais e outros foram limpos e conduzidos ao congelador do barco. Depois de algumas garrafas de vinho tinto e de quatro varas iscadas e armadas na espera, foram dormir, mas sempre na expectativa de um alarme pela corrida de um peixe grande, que poderia ser fisgado a qualquer momento.

Peixada de robalo

Servir com arroz branco
Acompanha vinho branco

1 robalo médio em postas
4 cebolas
3 pimentões
5 tomates maduros
Salsa
Cebolinha verde
Coentro
Azeite de oliva
Massa de tomate
Sal
Alho

O dia amanheceu às seis horas e os três pescadores foram despertados pelos pássaros que invadiram o teto do barco. Nenhum peixe visitou seus anzóis que, durante toda a noite, ficaram jogados pela correnteza do rio São João.

Six preparou o café da manhã enquanto Gerard e o velho Sidrack recolhiam as linhas que vieram sem as iscas. A manhã era muito clara, com o sol já bastante forte àquela hora. Parecia ser mais um bom dia para pescaria e, depois dos anzóis iscados, novamente foram arremessados rio abaixo.

Assentaram à mesa e, durante o café, Gerard, para puxar uma conversa, perguntou ao velho:

- Diga-me, meu velho, você ainda continua naquele velho esquema de putaria na zona?

Assustado, Sidrack, meio sem jeito, respondeu:

- Não, doutor. Há bastante tempo que deixei de freqüentar aquele lugar... Depois que a minha Maria resolveu deixar aquela vida, eu nunca mais fui lá.

- E quem é a Maria? indagou Six.

- A Maria era uma namorada antiga que eu tinha lá. Ela veio morar comigo e vivemos muito bem, os dois.

- E os seus filhos, aprovaram esse novo casamento?

- Eles não se importam... No fundo, acho eu, que ficam até mais tranqüilos. Saem para pescar durante muitos dias e não fico sozinho. É melhor assim.

- E quantos anos ela tem? perguntou Gerard.

- Vinte e oito, disse o velho.

- Vinte e oito?! Exclamou Six, doido de vontade de rir, mas se contendo.

- Sim. Vinte e oito.

- E você, quantos anos tem?

- Sessenta e oito, respondeu Sidrack.

- E com seus sessenta e oito, dá conta do recado com uma moça de vinte e oito? Afinal são quarenta anos de diferença...

- É! Realmente é uma diferença bastante grande, mas tentando daqui e dali, a gente acaba fazendo para o café. Ela está muito feliz e é muito carinhosa comigo. Tirei-a daquela vida que não levava a nada e dou casa e comida. Sabe, doutor, como é que ela me chama quando estamos namorando? Eu sou o "coelhinho da páscoa"!

- Que romântico... interrompeu Gerard.

- Mas não é tão bom assim... sou o coelhinho da páscoa porque ele só comparece uma vez por ano, e ainda é difícil acreditar que ele existe... igual a Papai Noel.

Houve uma risada geral e ao se levantarem, Sidrack foi abraçado pelos amigos que se dirigiram às varas de pesca.

Às dez da manhã, uma grande lancha *off shore* vermelha e amarela se aproximou em grande velocidade. Os dois motores turbinados de duzentos e vinte cavalos cada um, faziam um ruído tão forte que, mesmo sem ainda ser vista por causa da curva da Coroa Alta, a lancha já anunciava a sua aproximação.

A quilha do barco estava empinada e o ruído roufenho dos motores deixava uma marca profunda na superfície lisa do rio, como se fosse um cometa com sua longa cauda abrindo até às margens. À medida que o barco se aproximava, a velocidade diminuía e a popa se nivelava aos poucos, fazendo surgir, como se estivessem emergindo, os cabelos esvoaçantes e ralos de Fermon Quetti.

Quando já estava próximo ao Vespúcio, em uma velocidade lenta para que as ondas não provocassem nenhuma marola, Quetti colocou seu quepe branco de marinheiro e, em posição de sentido, saudou os amigos. A lancha tinha o nome Mestre d'Armas gravado em suas laterais em letras grandes e em azul escuro. Era realmente um lindo barco. Esportivo e adequado a grandes velocidades, estava completamente de acordo com o tipo agitado e inquieto de Fermon Quetti.

Fermon Quetti subiu a bordo do Vespúcio trazendo um embrulho em papel pardo de vinte e cinco centímetros de largura por quarenta de comprimento e não muito espesso, entregando-o a Six e cumprimentando Gerard e Sidrack. Ao retirar o papel que envolvia o objeto, Six olhou com atenção: eram dois quadros com molduras finas de madeira laqueada branca, e sob o vidro, transcrito em letras fortes ao estilo gótico, estava o texto que havia passado pelo rádio no dia anterior, escrito pelo velho pescador. Six, entregando um deles a Sidrack, disse:

– Este é para você, meu velho. Leve-o para sua casa e pendure-o na parede da sala. O outro vai ficar, de agora em diante, aqui no Vespúcio. Tenho certeza de que todos, ao lerem as suas palavras, vão ver e sentir o rio São João de forma diferente. Vão respeitá-lo e terão uma preocupação maior em melhor cuidar dele.

RIO SÃO JOÃO

Rio das matas verdes, São João dos meus amores;
Vale da tortura dos meus sentimentos,
Águas que correm como lágrimas dos meus
sofrimentos.

Rio São João dos dias claros, ensolarados;
São João da luz verde, sombra do meu caminho
escuro;
Rio verde da mata viva, vermelho sangue do meu
coração.

Quando a noite me traz a lua,
Quando sua luz surge por entre as matas escuras,
Vejo no reflexo das águas uma imagem sua,
Que vai caminhando por entre as pedras
Descendo o caminho sinuoso do rio São João.
Mais vale viver no São João navegando, delirando;

Mais vale viver a noite enluarada sua imagem abraçada,

Caminhando entre turbulências do meu sofrimento,

Mais vale minha triste alegria de viver,
Mais vale viver o rio São João,
Mais vale viver são e só.

Six aproximou-se da borda pela popa e entornou no rio os cubos de gelo e a dose de whisky que bebia. Fermon Quetti, com os braços para cima, como se estivesse chamando o céu para si, disse:

– Está batizado... vamos comemorar. Beberam e pescaram.

Filé de pescada à citrella

Enquanto vários peixes eram pescados, Six iniciou seus afazeres na cozinha do Vespúcio. Doze filés de pescada branca foram temperados com vinha d'alhos e colocados, um ao lado do outro, em dois tabuleiros de alumínio.

Seis laranjas foram espremidas e o caldo foi colocado em um liqüidificador, onde foram adicionadas as cascas de duas das laranjas espremidas. Tudo foi batido bastante e depois coado; esse procedimento fazia com que o caldo da laranja ficasse com sabor bastante pronunciado. Foi derramado nas formas que continham os filés de peixe até cobri-los, e as duas vasilhas foram colocadas no forno quente.

Durante os trinta minutos necessários para que o peixe alcançasse o ponto de cozimento ideal, Six preparou uma panela de arroz branco.

Ao meio-dia, quando o almoço já estava para ser servido e todos conversavam descontraidamente à sombra da varanda do Vespúcio, uma das varas que estavam na espera envergou-se com força e a carretilha disparou, fazendo um ruído matraqueado estridente. Pelo tipo de barulho e pela quantidade de linha que já havia sido levada rio abaixo, era, sem dúvida, um peixe grande.

Em um salto rápido, Six bateu com as duas mãos sobre a vara que tremia, retirando-a do suporte na lateral do barco. Acionou a trava e, simultaneamente, deu um forte arranco para trás, para fisgar com precisão o peixe. Nesse momento, sentindo a resistência do anzol que penetrou em suas mandíbulas, um enorme dourado saltou dois metros fora d'água.

– Com um animal desses, ferrado do jeito que está, não existem joelhos que não bambeiem, disse Six dominado por uma vibração forte que envolveu todo seu corpo. O dourado resistia e lutava para não ser recolhido, e cada vez que Six tentava trazê-lo em sua direção, ele saltava fora d'água e, caindo, penetrava no rio com tremenda agilidade, levantando água por todos os lados, como uma explosão.

Quando a linha afrouxava um pouco, Six era obrigado a recolher com rapidez para evitar a fuga do peixe. Já estava bem próximo do barco e o dourado parecia sentir mais o perigo, e recomeçava sua luta pela liberdade. Com toda a força que ainda lhe restava, saiu numa arrancada rápida e forte rio abaixo, tomando linha, de maneira que Six não podia resistir e impedir.

Se travasse totalmente a carretilha, a linha seguramente não resistiria e o peixe fugiria com o anzol preso nele. Os braços do pescador tinham que resistir diante de uma luta entre a razão e o instinto de sobrevivência. Foi quando o cansaço tomou conta do dourado, que foi sendo arrastado contra a correnteza do rio São João, sem poder oferecer grande resistência.

Ao chegar junto do Vespúcio, nadava de lado, sacudindo a cabeça como última tentativa de se libertar. Gerard Vallon, agachado na plataforma externa da popa do barco, laçou-lhe pelo rabo com um forte puxão e gritou:

– Pode pegar outro, que esse está embarcado! O dourado ainda lutou, mas agora, com um laço amarrado nele, não teria mais como fugir. A corda foi passada para Sidrack que estava a postos, atrás de Gerard, e o peixe foi colocado dentro do barco. Pesaram-no. Os seus quatorze quilos justificaram toda dificuldade que Six havia enfrentado para mantê-lo preso.

O troféu, com seus estertores, foi pendurado em uma das hastes horizontais da tolda, e os amigos, em êxtase de admiração, brindaram.

* * *

O aeroporto apresentava movimento de rotina, quando Jordano Brasser desembarcou de um táxi, trazendo na mão direita uma valise de couro e arrastando uma mala grande, também de couro, que deslizava sobre o piso de granito polido e muito limpo. Seu rodilhar metálico produzia um chiado irritante. Do atendimento da Air France, dirigiu-se ao salão de embarque e vinte minutos depois já se escarranchava numa confortável poltrona da primeira classe do Boeing 767, com destino a Paris e, posteriormente, Londres.

A tripulação iniciava os preparativos para o longo vôo sem escalas até a Europa, quando entrou, esbaforida, uma mulher de aspecto jovial e alegre, de aproximadamente trinta anos. Jogando os longos cabelos louros para trás, sobre os ombros, procurando ventilar o pescoço que suava devido à longa corrida até ao embarque, assentou-se ao lado de Brasser, dizendo para si mesma, porém em voz alta:

- Ai! Quase perdi esse vôo.

Brasser olhou por cima dos óculos de leitura, com desprezo, e notou que a moça esperava algum comentário da parte dele. Enquanto pensava no que dizer, ela acrescentou:

- Paris me espera!

- Espero chegar em Paris... comentou Jordano Brasser, voltando para o seu caderno de ementas do novo livro em que trabalhava.

Colocaram os cintos, poltronas na vertical e o Boeing lançou-se no céu completamente azul, apenas pintado de branco por pequenas nuvens deitadas no horizonte. Brasser ainda pôde ver o rio São João com seus meandros e muitos barcos.

Uma densa mata delineava suas margens, como se estivesse marcando o caminho das águas. Num barco daqueles, pode estar o Six pescando, pensou. Desligou-se da janela somente quando o avião deixou o continente, voando em direção ao horizonte retilíneo. Eram dois tons de azul que se encontravam nessa linha reta: o céu claro e o cobalto oceano. Encostando lentamente na poltrona que se inclinou devagar, Jordano Brasser percebeu que durante todo esse tempo que olhava a paisagem, absorto, estava sendo observado pela sua companheira de viagem.

Desanimado com tantas horas que deveria passar preso naquela grande cabine a mais de dez mil metros de altura, resolveu aderir. Afinal era muito tempo de viagem e teria fatalmente que conversar um pouco com alguém, passando o tempo despercebidamente.

– Paris lhe espera? disse Brasser tentando reiniciar a conversa que não havia dado prosseguimento quando a passageira falou com ele.

– Claro! É o melhor lugar do mundo. Um dia ainda vou morar lá; vou mudar definitivamente.

– Pelo visto, deve ir sempre lá?

– Ah, sim! Sempre que posso, deixo essa nossa terrinha e me mando! Ultimamente, não tenho deixado de viajar a Paris menos que quatro vezes por ano.

– É realmente uma grande cidade, disse Brasser. Ultimamente, também tenho feito muitas viagens à França. Você viaja a trabalho? indagou.

– Não! Nunca. Sempre vou a passeio. Tenho muitos amigos lá e agora não quero outra coisa na vida: somente Paris. No próximo ano, minha ida será definitiva, como correspondente internacional.

Jordano Brasser notou que naquela viagem poderia pôr em prática o que sempre pretendeu mas, em algumas vezes lhe faltara oportunidade e em outras, coragem. Como escritor, sempre observava as pessoas; isso lhe facilitava muito criar seus personagens. Os comportamentos, as ações, os gestos, as maneiras de falar a agir; tudo era importante. Fazia suas anotações e sempre que precisava, consultava-as e encontrava alguma particularidade especial que lhe agradava. Seu objetivo era criar situações para analisar as reações.

Foram servidos salgados e bebidas aos passageiros e Jordano Brasser e sua companheira de viagem beberam whisky.

A moça se chamava Katharine Defon e era de origem francesa pelos seus pais. Apesar de seus modos e maneiras não serem europeus, ela até que poderia se passar por tal. Mais tarde, depois de saber que Jordano era escritor e estava em viagem de negócios, acabou confessando que sua ida à França era para uma entrevista com François Mitterrand.

- Vou tratar, na entrevista, apenas da Segunda Grande Guerra. Quando ela terminou, eu ainda não era nascida, mas, no meu jornal, sou a que mais entende do assunto. Mitterrand participou ativamente da guerra, teve relacionamento estreito com nazistas, e é hoje o único estadista, ainda exercendo o poder, que participou da guerra. Vai ser uma bomba!

- É muito oportuna essa sua entrevista com ele, tendo em vista que faz exatamente cinqüenta anos que foi assinado o armistício, completou Brasser. E em conseqüência, a rendição dos nazistas, acrescentou. Não há dúvidas que ele foi realmente importante para a França. Sei que são trinta e cinco anos de vida pública; a França está hoje muito bem colocada dentro do contexto mundial e sem pena de morte, graças a Mitterrand. Depois de doze anos de poder, mudou o seu país.

Novo whisky foi servido a Jordano Brasser, e Katharine estava ainda mexendo com os dedos as pedras de gelo para que se dissolvessem mais rapidamente e a bebida se tornasse mais suave. Não tolerava bebidas fortes.

- Preciso comer mais alguma coisa, disse Jordano. Não posso ficar bebendo muito e comendo pouco, porque acabo passando mal.

- Então não beba tanto, disse Katharine. Jordano Brasser ainda teve tempo de pensar que toda mulher, quando não bebe direito, acaba ficando inconveniente, e acrescentou logo:

- Mas tenho que beber. Não gosto de viajar de avião, principalmente quando não se pode ver o chão. Sinto-me muito inseguro, e se não bebo, tudo piora. Com o whisky, entro em processo de relaxamento.

- E depois passa mal; que vantagem vê nisso? Contestou a moça.

Enquanto conversavam, Jordano colocou em um bolso do paletó o saco de plástico para vômitos que estava em frente, dentro da bolsa da poltrona. No bolso do outro lado, colocou um canapé, um sanduíche de presunto com queijo fresco e um pão de batatas, tudo isso de maneira que sua vizinha não percebesse. Depois do terceiro whisky, pegou um lenço de papel que estava sobre sua bandeja com os salgados e começou a esfregá-lo lentamente no rosto. Cada vez que passava o lenço sobre os olhos fechados, arriscava uma olhadela para a moça e via que ela estava atenta.

Fingindo piorar mais ainda e simulando uma pequena tremedeira nas mãos, levantou-se calmamente e, pedindo desculpas para passar, disse:

- Vou ao banheiro...

- Você está bem? indagou Katharine.

- Oh, sim! Claro, respondeu Jordano, de maneira a demonstrar certa impaciência. Ela levantou-se rapidamente para que ele não tivesse nenhuma dificuldade em passar e ficou de pé no corredor prestando toda atenção nos seus movimentos.

Jordano, fingindo cambalear um pouco, andou apoiando em cada uma das poltronas, até desaparecer, entrando no sanitário. Entrou e trancou a porta. Retirou do bolso do paletó o saco plástico e, abrindo a torneira do lavatório, umedeceu cada um dos salgados que estavam no outro bolso e foi colocando-os dentro do saco. Depois enrolou a boca do saco para que ficasse bem fechado e apertou-o várias vezes com as mãos, misturando tudo que estava dentro dele. Colocou-o no bolso e retornou ao seu lugar com a preocupação de não demonstrar alguma melhora. Chegando em frente à sua poltrona, Katharine já havia se levantado para lhe dar passagem.

- Melhorou? indagou.

- Mais ou menos.

- Acho melhor não se preocupar em querer ver chão lá em baixo e parar de beber. Pode piorar! Disse ela bastante preocupada.

- Nunca! Se eu tiver que parar de beber, vou pedir para descer. A moça riu da graça que ele fez, mas não se tranqüilizou. Disfarçadamente, Jordano colocou na bolsa em frente o saco que tirou do bolso com os salgados dilacerados, deixando uma ponta para fora. Pouco depois começou demonstrar inquietude em sua poltrona. Olhava pela janela; virava para um lado, depois para outro; reclinava o encosto da poltrona que um minuto depois já estava na vertical novamente, e sempre passando as mãos pelo rosto. Tudo que fazia, de soslaio, observava as reações da garota. Ela cada vez demonstrava maior preocupação, mas não dizia nada para não incomodar.

De repente Jordano Brasser empertigou-se na poltrona e Katharine, assustada, sobressaltou-se, colocando as mãos nos braços da sua poltrona, como se estivesse pronta para um salto. Jordano conseguia ser tão real nessa sua encenação, que Katharine via o seu rosto exangue se contrair com os espasmos que agitavam seu corpo inteiro. Com força, Jordano colocou a mão direita sobre a boca e com a esquerda buscou o saco de vômitos que estava em frente, abriu-o e debruçou sobre ele convulsivo, fazendo com que Katharine percebesse que aquele saquinho estava sendo enchido. Imediatamente ela pegou o que estava em frente a sua poltrona e ofereceu-o a Jordano, como se o que ele estava usando não fosse suficiente. Com um gesto rápido, Jordano Brasser rejeitou-o, mas suas contrações continuaram até que Katharine, com um toque no botão da sua poltrona, chamou um comissário.

Em poucos segundos a aeromoça estava ao seu lado e não foi preciso perguntar o que queriam: viu Jordano se contrair com o saco enterrado no rosto. Num relance, apanhou uma toalha branca num dos compartimentos superiores para bagagens de mão e entregou-a a Katharine, que não teve coragem de entregá-la a Jordano. Parecia que a situação já estava controlada. Jordano foi se acalmando, porém sem tirar o saco do rosto. Sem olhar para sua vizinha, estendeu a mão para pegar a toalha e fingiu limpar a boca, dizendo:

– Agora sim! Está tudo bem...

Sem alterar sua postura de repugnância, Katharine observava a esquálida situação de Jordano Brasser, que não abandonou o saco com o seu bem simulado vômito.

Jordano iniciou então a última etapa dentro daquilo que havia programado há muito. Reclinou a poltrona e recostou-se. Colocou o saco sobre as pernas e olhou com tranqüilidade e ar de travesso para Katharine tergiversando espantada. Esperou que ela se voltasse para enfiar a mão no saco e, tenteando o fundo, tirou na ponta dos dedos alguns pedaços dos salgados dilacerados e misturados, colocando-os na boca, mastigando-os.

Diante da ignóbil situação, Katharine contorceu-se na poltrona e, num ato contínuo, puxou para si rapidamente o saco que havia oferecido a Jordano, e encheu-o totalmente. A aeromoça, ao lado, apoiando a testa dela contra a palma de sua mão, não compreendia como aqueles dois passageiros poderiam estar com problemas estomacais em um vôo tão tranqüilo.

Após o seu grande desconforto, Katharine foi assentar-se em outra poltrona desocupada, três lugares à frente de onde estava, abandonando seu companheiro de viagem, Jordano Brasser.

Peixe frito

O almoço no Vespúcio foi servido às duas horas da tarde e, como se houvesse uma combinação prévia, cada um foi para um canto no barco, recostando e dormindo. Às cinco foram acordados com o ronco dos motores da lancha de Fermon Quetti, que saía sem se despedir para não acordar os amigos.

A tarde era clara e o sol ainda batia forte nas paredes internas do Vespúcio. Uma grande mancha iridescente começava se formar no poente, delineando perfeitamente o círculo embaciado do sol. O corpo ursídeo de Rodan Solarti se esticou preguiçosamente na plataforma do barco com um gemido rouco.

– Está na hora de começarmos a trabalhar, amigos, disse Six a Gerard e Sidrack que ainda espreguiçavam. Vamos jogar as iscas na água; do contrário não teremos peixe para o jantar. O dourado irá inteiro para casa. Será lá que o destruiremos.

A pesca para esses três homens era como uma sensação indômita, incontrolável. Para Sidrack, deixou de ser profissão. O mar, às vezes violento, às vezes terrífico, já lhe causara temências.

O mar, outras vezes calmo e tranqüilo, provocara-lhe tédio. O velho sempre dizia: "Um dia ainda vou morrer disso; morrer brigando com as águas indomáveis quando bravio, ou morrer de enfado por não ter o que fazer". Nunca deixou de enfrentá-lo e até de afrontá-lo, mas sabia que o mar não aceitava imprudências e desaforos, mas aceitava desafios de homens destemidos e intrépidos.

Para Six e Gerard Vallon, nem ofício, nem obrigação; era o prazer de poder se desligar das atividades normais e rotineiras do dia-a-dia. Para eles o simples fato de saírem para pescar não significava que tinham obrigações ou compromissos com os peixes. Quantas vezes retornaram depois de alguns dias pescando, sem um peixe sequer. Bastavam-lhes os momentos que as pescarias lhes proporcionavam, chegando ao ponto de terem passado três dias embarcados sem lançar, uma só vez, um anzol. Os momentos de prazer das pescarias eram também aqueles de reflexões, de conversas, de silêncio.

O horário era propício. O entardecer sempre fora dos melhores períodos do dia para a pesca. Minutos depois, o primeiro peixe foi retirado por Sidrack. Logo Six fisgou outro, depois Gerard e, em uma hora, uma dúzia deles já estava dentro do grande cesto de vime no centro da praça do barco.

Enquanto Sidrack terminava a limpeza e descamação dos peixes, agachado no fundo do seu pequeno barco, cortando-os em postas, Six separou seis pedaços para o jantar. Temperou-os com sal e alho socado, colocando-os em um tabuleiro, espremeu um limão e passou nos pedaços de peixe. Preparou uma panela de arroz, enquanto bebiam cerveja na cozinha do Vespúcio. O jantar dessa noite seria peixe frito com arroz e cerveja - para beber - que já estava sendo consumida há muito tempo.

Quando o arroz ficou pronto, Six colocou em um prato raso uma quantidade de farinha de trigo suficiente para lhe cobrir o fundo e ali passou duas postas do peixe temperado, revirando-as para que ficassem totalmente envolvidas pela farinha, lançou-as imediatamente em uma frigideira com óleo quente. Repetidas vezes virava os pedaços de peixe para que a fritura fosse feita por igual e quando estavam dourados, serviu Gerard que completou o prato com o arroz. Colocando mais um pouco de farinha de trigo no prato raso, passou ali duas postas para Sidrack e finalmente preparou o seu próprio prato. Assentados à mesa de jantar do Vespúcio, terminaram a refeição em silêncio.

O rio São João roçava a quilha do barco ancorado, provocando um pequeno ruído ritmado, melodioso, que trazia conforto. Ondas provocadas por outros barcos que passavam, subindo ou descendo o rio, levavam o Vespúcio a um agradável balanço que inebriava os tripulantes.

– É como se nós fôssemos nenéns embalados no berço pela mamãe que nos quer fazer dormir. É uma delícia, disse Six como se estivesse pensando alto.

– Começou... disse Gerard, rindo, a Sidrack que se aboletara em uma espreguiçadeira.

– Mas, meu amigo, estamos aqui para o quê? Se vocês dois ficam aí calados, olhando vazios, alguém tem que falar alguma coisa... disse Six.

– Necessariamente não se tem que falar só porque estamos os três aqui, sozinhos, calados, disse Gerard. Outro dia eu estava com a cabeça muito quente; o Jordano havia telefonado à tarde, marcando para encontrarmos no Bar do Porto para uns whiskies.

Na verdade eu não estava nem um pouco disposto a ir, mas confirmei. Cheguei lá às sete da noite e ele já estava na segunda dose. Cumprimentei e me assentei, pedindo também um whisky. Depois de duas horas não havíamos trocado uma única palavra, quando ele levantou-se, contornou a mesa chegando até mim e, debruçando com um leve abraço, disse: "Obrigado pela companhia, foi ótimo estar com você..." e se foi.

– Veja o que aconteceu, continuou ele. Dois amigos que se encontraram, beberam, pensaram e depois se separaram. Bastou isso para aquele momento. Não foi preciso que eu, com o péssimo humor daquele dia, tivesse que ficar falando qualquer coisa só porque estávamos juntos ali. Quando não estamos bem, a conversa acaba não sendo agradável. Sem perceber ou sem querer, passamos para o companheiro o nosso mau estado de espírito. Preferi ficar calado e não transmitir para ele o que se passava comigo.

– Preferi deixá-lo à vontade, continuou, mas estava pronto para qualquer conversa, desde que viesse dele. E não veio nada. Acho que estava igual a mim, porém querendo companhia. Amizade é isso. Não é só desfrutar de tudo de bom que um amigo possa lhe dar. O importante é estar junto e, naquele dia, pensamos juntos. Os assuntos nos quais Jordano pensava, às vezes poderiam ser os mesmos meus. Poderíamos estar pensando nas mesmas coisas ou com os mesmos problemas, e isso nos bastava naquele momento. Quando ele se foi e fiquei sozinho, tudo ficou diferente. Já não me concentrei nos meus pensamentos da mesma maneira de quando ele estava presente e tive vontade de ir embora também.

– A amizade é mais forte que o amor, disse Six levantando-se e interrompendo Gerard. Pode ter um valor tão grande quanto amar. A amizade admite ou até permite que se viva longe do amigo. O amor não. Amor tem que ser vivido intensamente; ele não aceita desafios.

– Mas a amizade é insípida; ela não é quente como o amor, retrucou Gerard.

– Tem a força do amigo, deu seu palpite o velho Sidrack, que até então apenas escutava.

– Calor de amigo não esquenta cama de ninguém, retrucou Gerard não gostando da intervenção do pescador.

– Mas esquenta o lugar vazio na mesa do bar, e para esquentar cama, não precisa de amor; é só sair por aí... disse o velho.

Six, notando a reação de Sidrack, virou-se para ele com curiosidade e, arqueando as sobrancelhas, esperou que continuasse. O velho levantou-se calmamente andando até a tolda.

A noite clara envolvia as matas das margens do rio São João, trazendo o ar iluminado com o verde denso e distante. Uma névoa diáfana cobria o barco, deixando ver pálidas estrelas derramadas pelo céu. Era a lei da vida: de um lado o esplendor da natureza com toda a sua força e, de outro, o amor e a amizade. Era a lei da vida de Sidrack. Melodioso, o velho girou lentamente o seu corpo mortiço para o interior do barco. Os dois amigos fitavam-no extasiados:

– A amizade não admite desvarios e delírios, e ciúmes que destroem tudo, inclusive o amor, disse o velho. Para se ter amizade simplesmente, não é preciso amar. Vá tentar amar sem viver uma grande amizade; será apenas uma paixão sujeita a temores, perfídia e traições dolorosas. Não existe passionalidade na amizade, completou.

- Mas existem ciúmes também na amizade, disse Gerard.

- Ciúme de amizade engrandece o amigo, interferiu Six. No amor, destrói, completou. Os dois ciúmes são totalmente diferentes um do outro. O ciúme entre amigos leva-os a uma conversa franca e honesta, aumentando cada vez mais a intensidade de viver um para o outro. O ciúme do amor machuca e fere o coração, levando alguém a ter que pedir perdão pelo que causou...

- "Perdão foi feito para ser pedido" disse Gerard cantando. Pedir perdão é mostrar que ama, que não quer brigar... É aceitar ou admitir o erro e pedir desculpas pelo que fez e não devia. Perdoar é melhor ainda; quando se é perdoado no amor e com amor, é sinal que duas pessoas realmente se amam.

- Olhe, Gerard, interferiu Six. Para tudo existe um limite. Tanto no amor quanto na amizade existem limites de tolerância. A tolerância define um limite para o perdão. Pode ser entre amigos ou entre pessoas que se amam e vivem juntas, mas quem é perdoado uma vez, dificilmente será perdoado duas vezes. Mais difícil ainda na amizade.

- Mulher da gente, continuou, depois de certo tempo, temos que tratar com mais cuidado, com mais paciência e nunca esquecer que temos ainda muito chão pela frente. Mas com amigo, não! O amigo nunca lhe é imposto e devemos aceitá-lo como é. Se aceitou alguma amizade, se entregou-se ao amigo, este não tem o direito de traí-lo, nem a você isso é permitido. Aceitamos os amigos como são e não temos direito de criticá-los pelos seus defeitos. Amigo não tem defeito. Amigo só tem qualidades e tem que ser recebido como ele é! E não tem direito de falhar uma só vez. São as amizades puras que nos levam às delícias da vida.

Agneu a la ramage

Paris. O tempo nublado da manhã de domingo foi uma recepção fria para os passageiros da Air France. Jordano Brasser apanhou sua valise e dirigiu-se para o desembarque, quando percebeu Katharine Defon despedindo do pessoal de bordo, já na saída. Preferiu retardar um pouco para manter uma distância de segurança, mas sabia que no recebimento das bagagens teria que ficar mais esperto, se quisesse mesmo evitar novos contatos com ela.

Deixou que a moça se lançasse rapidamente pelo túnel para seguir seu caminho com calma. Quando alcançou a plataforma de bagagens, viu que todos os passageiros do seu vôo aguardavam nervosamente o atraso na entrega dos volumes e, no meio deles, Katharine não tinha como passar despercebida pelo tanto que acenava para o lado externo do salão. Lá fora, constrangido pelos exageros da sua amiga, Pierre Muyton disfarçava, ora acendendo um cigarro, ora olhando, sem prestar nenhuma atenção, para o monitor com os horários das chegadas dos vôos internacionais.

Jordano Brasser recebeu sua mala entre os primeiros e saiu imediatamente, passou pela alfândega sem embaraços e ao transpor a grande porta de vidro que dá para o saguão de recepção do aeroporto, foi puxado pelo braço. Assustado, virou-se dando de encontro com Pierre Muyton.

- Oh, meu amigo, que boa hora! exclamou Jordano Brasser, julgando ser Muyton um meio rápido de ir para a cidade.

- Aguarde um instante e você irá comigo. Estou esperando uma pessoa amiga que veio nesse vôo também, disse Pierre Muyton puxando Jordano pelo braço e seguindo em direção à porta de onde ele havia saído.

Antes que trocassem qualquer palavra, Katharine já estava indo em direção a Pierre, que deixou o amigo, indo cumprimentá-la. Quando se voltou para Jordano, viu-o explodir numa risada descontraída, curvando-se para colocar a valise no chão um pouco desolado, rendido, e esperar que os dois se aproximassem.

- Minha amiga Katharine, apresentou Pierre com ar de indagação diante da descontração de Jordano.

O francês Pierre Muyton havia retornado à França há mais de dez anos. No período que esteve ausente de seu país, travou forte relacionamento com Jordano e Gerard, e principalmente com Rodan Solarti e sua atraente cozinha. Agora era proprietário de luxuoso restaurante no Champs Elisèe, onde recebia clientes famosos, políticos e artistas internacionais. Jordano Brasser, sempre que viajava a França, terminava suas noites no *Maison de Pierre*, em companhia do próprio Muyton, mas nunca havia se encontrado com a bela Katharine, que também freqüentava o local assiduamente, tornando-se grande amiga de Muyton.

O *Maison de Pierre* era conhecido pela sua requintada cozinha. Os finos pratos que eram preparados pelo chef Muyton alcançaram fama mundial, e o requinte do ambiente levava os clientes a um grande conforto. As paredes eram revestidas a meia altura com painéis de madeira lisa e encerada e, a partir daí, um tecido aveludado castanho ia até ao teto, onde arrematava com uma larga moldura de madeira, que fazia todo o contorno. Belos quadros com iluminação própria eram distribuídos pelo salão e pelo bar, que ficava ao lado da entrada - uma pesada porta de madeira com pequenos vidros opacos e bordados.

Entraram os três no carro de Pierre Muyton e, assim que foi dada a partida, Katharine virou-se para o banco de trás, onde estava Jordano Brasser, e disse num tom ainda bastante seco:

– Aqui não temos saquinhos para vômitos...

Com um ricto, Jordano apenas observou a moça e olhou para Pierre, esperando dele alguma indagação a respeito. Não deve estar entendendo nada, pensou. Pierre, pelo retrovisor, vendo apenas os olhos de Jordano, perguntou:

– Mas que história é essa? O que você andou aprontando no avião, Brasser? Logo você foi vomitar? Bebeu demais? Até parece que nunca viajou de avião, exclamou Pierre.

– Não! Quem vomitou foi ela! retrucou nervoso Jordano Brasser.

– Eu devia ter vomitado no seu bolso, para você aprender a fazer gracinhas... respondeu Katharine, virando-se com raiva para frente e ajeitando os cabelos que esvoaçavam com o vento.

– ...E eu que pensava que os dois nem se conheciam, estou agora presenciando uma briga entre eles... comentou Pierre Muyton, prestando atenção no tráfego.

Durante o percurso, tudo que aconteceu durante o vôo foi contado pelos dois, que interrompiam a história diante das risadas de Pierre e, aos poucos, a descontração foi tomando conta da conversa. Quando chegaram ao hotel onde Katharine iria ficar hospedada, Jordano já havia sido convencido por ela de também se hospedar lá.

- Às nove da noite passo aqui para apanhá-los para o jantar, disse Pierre despedindo-se.

Havia quinze minutos que Jordano Brasser e Katharine Defon esperavam pelo amigo no bar do hotel, quando Pierre Muyton entra esbaforido. Os dois se levantaram assustados e Pierre disse para Katharine:

- François Mitterrand acaba de morrer...

Katharine se jogou na cadeira. Esbarrando na mesa e quase derramando as bebidas, lamentou:

- Mas não é possível! Depois de tanto tempo tentando essa entrevista... depois de uma viagem dessas. Tudo que eu queria era poder ter feito esse trabalho. Às nove e meia da noite ela falava, pelo telefone, com o seu editor, recebendo novas instruções. O que teria que fazer agora era, aproveitando a pesquisa que havia feito para a entrevista, preparar uma matéria completa sobre todos os novos acontecimentos.

A cozinha do *Maison de Pierre* era exageradamente limpa. Todas as paredes e o piso eram revestidos por uma cerâmica branca, e um forte sistema de exaustão mecânica não permitia que o ar quente proveniente dos fogões e fornos jogasse no ambiente qualquer tipo de cheiro desagradável.

Pierre vestia um avental de linho bege e uma touca branca engomada. Enquanto os amigos Jordano e Katharine bebericavam no bar, ao lado do piano preto de meia-calda, o chef Pierre temperava os pedaços de pernil de cordeiro sem gorduras, nervos e ossos, com sal e alho socado e um punhado de alecrim seco.

Depois de temperadas, as peças de carne foram colocadas em uma vasilha funda, onde foi derramado um copo de vinho tinto. Para completar, até cobrir totalmente com água filtrada, foram adicionados aproximadamente dois copos de água. Como o jantar deveria ser servido à meia-noite, duas horas seriam suficientes para que o tempero e o vinho diluído penetrassem na carne.

Decorrido esse tempo, a carne foi colocada em uma grande frigideira que continha duas colheres, das de sopa, de azeite de oliva quente. Ao ser mexida durante três minutos, a carne começou a produzir a sua água que fervia. A panela foi tampada e, depois de cerca de dez minutos, quando a água começou a secar, Pierre iniciou novamente o movimento de remexer, revirando sem parar o conteúdo da frigideira, até que a fritura foi iniciada. Fritou a carne durante cinco minutos quando, em fogo médio, adicionou então um copo de água fria, que logo passou a ferver. A panela foi novamente tampada. Esse procedimento aconteceu ainda outras duas vezes, quando o chef provou e constatou que estava tudo muito bem cozido. O fogo foi reduzido para o fraco enquanto os pedaços da carne do cordeiro foram retirados e separados em outra vasilha.

Na frigideira que havia utilizado, ficaram resíduos da carne ali cozida e suas paredes impregnadas com uma camada escura. Meio litro de água quente foi derramado na frigideira e, à medida que Pierre ia mexendo com uma colher de pau, a água foi se tornando cada vez mais turva - era a camada de resíduos da carne que estava se soltando e se misturando com pequenos pedaços que restaram na panela. Foram adicionados dois dentes de alho, uma colher, das de sobremesa, de páprica picante, um pouco de sal, um ramo pequeno de alecrim e três cálices de vinho do Porto.

A panela foi tampada e permaneceu no fogo brando durante cinco minutos, quando foi retirada para que esfriasse aos poucos. Esse conteúdo deveria ser batido no liqüidificador, mas estando ele quente demais, isso não poderia ser feito. Durante esses minutos, Pierre pegou um punhado de folhas de salsa verde e as picou exaustivamente, até que tudo se transformasse em pedaços muito pequenos. O caldo, que já havia esfriado um pouco, foi colocado em um liqüidificador, batido durante dois minutos, e coado já dentro de uma panela limpa. O fogo foi aceso e reduzido para o fraco logo que iniciou a fervura. Três colheres, das de sopa, rasas, de fécula misturada com água fria em um copo, foram introduzidas na panela com o caldo da carne de cordeiro. Pierre mexeu até que a fervura reiniciou, e depois, ainda com fogo brando, tampou-a por três minutos.

Os pedaços de carne que estavam separados, foram colocados em uma panela com meio copo de água filtrada e abafados no fogo fraco para esquentar. A salsa picada foi misturada com uma quantidade de arroz branco, já cozido e quente, suficiente para três pessoas. Em uma pequena forma de alumínio o arroz foi enformado com uma leve pressão das mãos e virado nos pratos que iam ser usados. Nos três pratos servidos de arroz foram colocados pedaços da carne do cordeiro que foram cobertos pelo molho quente.

Um pequeno ramo de alecrim verde decorava a carne coberta pelo molho.

Era a segunda vez que Pierre Muyton preparava esse prato. A primeira, quando idealizou a receita, foi para prestar uma homenagem a Flavit Ramage, cujo sobrenome sugeriu ao chef o uso de alguns ramos para temperar, optando pelo alecrim, com seu sabor pronunciado e bastante peculiar. Ramage gostou e saboreou tanto o prato que, dois dias depois, em sua coluna sobre economia no Le Monde, reservou um espaço para contar tudo sobre Muyton, suas viagens, seu restaurante e sua cozinha incrível.

Agneau a la ramage

(para três pessoas)

900 gramas de pernil de cordeiro desossado
sal
alho
1 copo de vinho tinto
3 cálices de vinho do Porto
alecrim seco
3 ramos de alecrim verde

Pela manhã bem cedo os motores do Vespúcio roncaram. A âncora foi içada e numa volta de cento e oitenta graus, o barco deixou a Coroa Alta, tomando a direção sul, rio abaixo. Os movimentos despertaram Gerard e Sidrack que viu seu pequeno bote seguindo-os por um sulco aberto na superfície do rio São João pela quilha do Vespúcio, como uma lâmina.

Tomaram um rápido café e subiram para a cabine de comando superior onde Six, naquele momento pilotando em pé, diminuía a velocidade para cruzar com um grande navio que vinha em sentido contrário. Pretendia sair em direção à margem esquerda. Dois quilômetros abaixo, queria aportar em uma bela praia em forma de ferradura, numa enseada onde as águas do rio não corriam tanto.

- Vamos tomar um banho no rio... disse Six sem tirar os olhos do enorme navio que já estava ao seu lado.

- Banho de rio a uma hora dessas? gritou Gerard se apertando nos próprios braços, como se estivesse com frio.

- Por que não? Faremos um aquecimento dando uma corrida na areia e depois... tchbum dentro d'água.

- Ah... eu não. Prefiro um banhozinho quente, retrucou Gerard, assentando-se sem muito entusiasmo na poltrona ao lado, enquanto o velho se aproximava de Six.

- O doutor está pensando parar na Praia do Girassol? indagou Sidrack.

- Claro. Por que não? disse Six, virando-se para o velho.

- Não vai dar certo... resmungou Sidrack.

- Não vai dar certo, por quê?

- Não tem nada não... Só porque o senhor, com a sua mania de nadar pelado... e lá está cheio de gente. É um acampamento muito grande; cheio de barracas enormes...

- Acampamento de pescadores? perguntou Gerard levantando-se e virando-se para a proa do barco, esticando o pescoço para frente, para enxergar melhor.

- São pescadores, mas estão pescando pouco. Eles só têm três canoas e são umas vinte pessoas. Ontem pela manhã vendi para eles um dourado de doze quilos que havia acabado de pescar. Parecia que nunca haviam visto um peixe daquele tamanho. Quando cheguei lá, todos correram para ver e muitos tiraram fotos como se fossem eles próprios que o tivessem pescado. São todos estrangeiros; não falam direito a nossa língua. Se estivessem pescando, não precisariam comprar peixe, não acha?

- É, respondeu secamente Six, enquanto diminuía a velocidade do barco para entrar na enseada da Praia do Girassol. Quando terminaram de fazer a curva para a esquerda, passando rente a uma ponta de terra coberta de mata densa, o barco já estava apontado para uma praia de mais de duzentos metros de comprimento, com várias pessoas nadando sob o fraco sol da manhã.

Eram oito barracas de lona branca, todas elas com varandas, várias cadeiras, mesas etc. No centro, uma cabana formada por uma lona verde de cinqüenta metros quadrados, abrigava a cozinha com todos os seus equipamentos, geladeira, congeladores e uma grande mesa. Na extremidade superior do conjunto do acampamento, numa outra barraca do mesmo tamanho da que abrigava a cozinha, mas à distância, ainda não era possível identificar o que havia dentro.

À medida que o Vespúcio foi se aproximando lentamente, Gerard exclamou com muita surpresa:

- Não acredito no que estou vendo! Reparem o que tem debaixo daquela barraca grande de cima! Será possível? Six e Sidrack fixaram os olhos e foram girando aos poucos, no sentido contrário ao movimento que o barco fazia para atracar.

- É um piano! exclamou Six.

- Piano daquele tamanho? perguntou o velho estranhando as dimensões do piano de cauda, coisa que ele nunca havia visto.

- Sim, é um piano de cauda todo branco, disse Gerard, enquanto a âncora do Vespúcio fazia um estrondo ao cair na água rasa do rio. E há uma pessoa tocando, escutem... disse.

Da proa do barco, Six e Gerard mergulharam no rio, enquanto o velho descia pela escada que havia na popa e os três nadaram até à praia. Fixados no que se passava na barraca em que estava o piano, não perceberam que os seis homens que nadavam, saíram correndo em direção a eles para tentar impedi-los de se aproximarem. Mas quando os alcançaram, Gerard já estava de pé atrás do pianista fazendo um gesto com o indicador junto aos lábios para que fizessem silêncio. Six e Sidrack ficaram dois metros atrás de Gerard, que observava atentamente a grande agilidade do músico.

Gerard Vallon percebeu logo que estavam diante de um profissional de altíssimo nível. O pianista parecia tentar dar prosseguimento à composição que executava, mas sempre que alcançava determinado ponto, ele parava por alguns segundos e reiniciava a música, como se procurasse uma determinada nota para poder dar continuidade. Isso se repetiu por várias vezes, e Gerard, processando aqueles belos acordes, chegou à conclusão de que se tratava de um compositor que lutava para terminar uma obra.

Foi quando um estalo em sua mente fez com que, exatamente no momento em que o músico interrompia mais uma vez aquela seqüência de sons, se projetasse sobre o ombro direito dele, e com o dedo indicador da mão direita, deu um único toque forte na tecla sol da segunda oitava do piano.

O grande susto que o músico levou provocou um salto sobre o tamborete que usava, mas o som daquela nota, naquele exato momento, e com a intensidade correta, impediu qualquer tipo de reação contra a audaciosa invasão. Enquanto Gerard se afastava um pouco, refazendo-se do ato impulsivo, o músico voltou ao piano e tocou a mesma tecla.

O som forte penetrou pelos seus ouvidos e ele olhou para Gerard, assombrado. Sem fazer nenhum comentário, virou-se e iniciou a música, agora certo de que o ponto de interrupção não ocorreria mais. Os dedos araneiformes daquele homem magro, de cabelos longos, corriam sobre o teclado. Suas mãos pareciam gazelas felizes no prado, saltitantes.

O som do piano parecia vir de todos os lados. Da mata à direita ou do rio à esquerda, mas isso não importava. Todos ali só sabiam que era maravilhoso o que ouviam. Sidrack jamais ouvira coisa mais bela e naquele momento tinha certeza de que o São João era o rio do amor - *Rio das matas verdes, São João dos meus amores; vale da tortura dos meus sentimentos...* pensou o velho, emocionado.

* * *

A Praça da Bastilha estava repleta. As pessoas aglutinavam-se cada vez mais e mal se podia andar. No meio da multidão,

Katharine, acompanhada por Jordano Brasser, observava tudo em sua volta para finalizar seu trabalho de cobertura jornalística de todos os acontecimentos relativos aos funerais de François Mitterrand.

Havia um silêncio lúgubre na praça - os franceses suportavam com resignação a perda do estadista, nem sentiam a dormência nos pés e nas pernas pelo prolongado tempo que estavam assistindo às cerimônias. Um enorme retrato de Mitterrand foi hasteado no fundo da praça, cobrindo a fachada de um edifício inteiro.

Em uma grande e alta mesa estava o caixão coberto pela bandeira da França, guardado por soldados armados e em trajes de gala. À direita, num grande palco em degraus, montado ao lado do tablado das autoridades e estadistas dos mais importantes países do mundo, a Orquestra Sinfônica de Paris interpretava a 5ª. Sinfonia de Beethoven. A abertura da cerimônia havia sido com composições de Mozart.

A magnitude de Beethoven foi substituída pela calma e serenidade de Chopin, quando um enorme veículo militar iniciou o cortejo.

A emoção tomou conta de todos e em pouco tempo a Praça da Bastilha se tornou deserta e triste.

Todo o material elaborado por Katharine, que trabalhou o resto da tarde no hotel, foi enviado. Ainda meio consternada pelo que vivenciou, foi para o *Maison de Pierre*. Eram seis da tarde e com uma taça de vinho tinto, relaxou.

– Onde está Jordano? perguntou ela a Pierre. Ele disse que na parte da tarde teria um encontro com seu editor francês e depois viria para cá... completou.

- Ainda não apareceu, mas não deve demorar, respondeu Pierre e, com olhar perdido, como se estivesse pensando alto, completou: Acho que desta vez ele será vencido...

- Será vencido? Você acha que hoje ele não vai se dar bem com a editora?

- Não. Não é isso.

- O que é que você está querendo dizer? Perguntou Katharine com uma preocupação reveladora.

- Só estou querendo dizer que tudo que vai acontecer daqui para frente acabará em muito mais que um simples saquinho de vômito de avião... disse Pierre, novamente sem olhar para Katharine.

Desajeitadamente, ela debruçou, apoiando com os cotovelos sobre a pequena mesa do bar, e olhou fixamente nos olhos do amigo. Sem conseguir disfarçar uma certa satisfação e fingindo surpresa, disse:

- O que o senhor está pretendendo insinuar com esse *daqui para frente,* monsieur Pierre Muyton?

Pierre, com um largo sorriso, escorregando pela sua poltrona para fugir ao olhar inquisidor de Katharine, disse:

- Vamos lá, queridinha, confesse! Você já não se agüenta mais de tanta ansiedade! Está louquinha de vontade para ver nosso amigo! Eu acho isso ótimo! Vocês vão se dar muito bem e viverão felizes para sempre...

Katharine não pode conter, mais uma vez, a satisfação ao ouvir aquilo que Pierre dizia. Recostou-se tranqüila e, olhando para cima, disse calmamente:

– É... Você, como sempre o mesmo! Percebe tudo que acontece à sua volta! Mas, pelo amor de Deus, não vá tocar nesse assunto quando ele chegar...

– Claro que não. Mas acho que você tem que tomar uma atitude logo. Ele viaja amanhã a Londres e se você não decidir, eu vou entrar nessa história. Não sabe quando poderá vê-lo novamente, disse Muyton.

– Deixe comigo. Eu vou... Katharine enrubesceu com a entrada repentina de Jordano Brasser que, por sua vez, dirigindo-se a ela, sem tomar conhecimento de Pierre assentado ao lado, deu-lhe um forte abraço.

Katerine olhou para Pierre que apanhava um copo com gelos para Brasser e, voltando-se para Jordano, deu-lhe um afetuoso abraço, deitando o rosto sobre o seu ombro. Na manhã seguinte, embarcaram os dois para cuidar dos assuntos de Gerard Vallon em Londres, no Royal Albert Hall.

Bacalhau à Milk Joe

O compositor espanhol Pablo Sanchez e todo seu grupo rodearam os intrusos vindos do rio e com muita curiosidade queriam saber tudo sobre eles. O interesse maior era por Gerard Vallon. Como poderia, com tanta facilidade, fazer uma interferência daquela na composição de Sanchez, e o compositor, que jamais admitira isso em seus trabalhos, viesse a aceitar cordialmente a invasão?

Rodan Solarti, adiantando-se, fez as apresentações: primeiro o pescador Sidrack, que todos já conheciam pelo grande dourado do dia anterior, com direito a fotos e filmagens; depois o maestro Gerard Vallon, compositor e regente da Orquestra Filarmônica Municipal, tendo dado concertos em importantes centros culturais do mundo. Finalmente, falou pouco dele próprio:

– Sou Six, publicitário.

Pablo Sanchez era compositor internacionalmente reconhecido, e seu trabalho agora se resumia apenas a grandes composições para trilhas sonoras de filmes dos principais diretores de Hollywood, onde morava há dez anos. Há três dias montaram aquele acampamento para férias e isolamento.

O artista pretendia, com o descanso proporcionado pelas atrações que o rio São João poderia oferecer, dedicar maior parte do seu tempo a uma composição que deveria estar terminada até o final da semana seguinte.

O tema musical que estava sendo criado iria, naturalmente, para Hollywood, e Pablo Sanchez queria se livrar dos tormentos urbanos para poder executar o seu trabalho. Diante do seu piano, na tenda, havia pendurado, em forma de grande estandarte, o seguinte texto:

Hay una búsqueda de los sentimientos humanos
en los grandes centros urbanos,
pero existen esos sentimientos
cuando los hombres con sus pies,
pisan sus propias tierras.

Era tudo que Sanchez queria: com seus pés, pisar a terra e encontrar todo sentimento que precisaria para uma grande composição. E era tudo que o rio São João podia oferecer: a exuberância de suas matas e toda a magnitude de suas águas, um conjunto forte de emoções, que levava a um encontro único de todos os sentimentos: o êxtase.

Uma dúzia de pessoas rodeava Sidrack, recebendo instruções sobre pesca. Havia grande interesse por parte de todos no que o velho dizia, pois haviam tentado pescar por várias vezes, em incursões pelo rio, sem nenhum sucesso. Agora sabiam o tipo de vara adequado a cada tipo de pesca; sabiam sobre as linhas e sobre os tamanhos dos anzóis e, sobretudo, os tipos de iscas que deveriam ser usadas.

Na grande mesa da barraca da cozinha, Six, Gerard e Pablo Sanchez conversavam há duas horas quando o cozinheiro do grupo estrangeiro aproximou-se para informar ao compositor que teriam, para o almoço, bacalhau grelhado, e saber se havia alguma objeção quanto à escolha. Six não se conteve:

- Vocês vêm para a beira de um dos rios mais piscosos do mundo trazendo bacalhau?

- Adoro bacalhau grelhado, disse Pablo.

- Bacalhau grelhado você pode comer em qualquer parte do mundo, mas aqui...

- Tudo bem! O que você sugere? disse Pablo condescendente.

- Sugiro *bacalhau à Milk Joe*, disse Six, esperando a reação dos outros, que não foi nada menos que descontraídas risadas.

- Ótimo! Você sugeriu mudar de bacalhau para bacalhau... brincou Sanchez e, voltando-se para o cozinheiro, disse:

- Vamos variar. Comeremos *bacalhau à Milk Joe*.

O cozinheiro trazido de Los Angeles, respeitosamente desapontado, disse olhando para Six:

- Senhor, esse tipo de prato ainda não aprendi a preparar. Se puder dizer como...

- Sem problemas, interrompeu Six e, olhando para Pablo, perguntou:

- Posso assumir?

- Como não! Afinal aqui estamos é para isso mesmo, respondeu, balançando os ombros como se quisesse dizer que não iria se importar muito se a comida não fosse das melhores.

Six, levantando-se, acompanhou o cozinheiro até à mesa de apoio que havia junto ao fogão. Sobre ela estava uma grande bacia com várias postas de bacalhau embebidas em água.

Eram dois quilos e meio de bacalhau. As peças foram colocadas na água na tarde anterior e essa água foi trocada três vezes para eliminar grande parte do sal do bacalhau. Sobre uma tábua e com uma faca bem amolada, as postas foram picadas em pedaços de, aproximadamente, cinco centímetros.

Em vasilhas diferentes foram colocados, picados em rodelas, quatro tomates, dois pimentões verdes, dois pimentões vermelhos e dois pimentões amarelos. Em uma panela com quatro colheres, das de sopa, de azeite de oliva quente, as partes de bacalhau receberam uma fritura leve, acompanhadas de dois dentes de alho socados. Todos os pedaços foram colocados de uma vez nessa panela e Six, com uma colher de pau, algumas vezes revirou-os com cuidado, adicionando, posteriormente, metade dos pimentões e do tomate que havia picado. Misturou um pouco, devagar para não quebrar os pedaços de bacalhau, e tampou. Depois de cinco minutos, apagou o fogo e deixou que esfriasse até poder manusear. Quando já conseguia pegar com as mãos os pedaços de bacalhau, selecionou-os e colocou-os em uma vasilha em separado. Apanhou uma travessa refratária e cobriu o seu fundo espalhando fatias de tomate - fazia isso para que, quando levasse ao forno, o conteúdo da travessa não aderisse.

Passou cada um dos pedaços de bacalhau na farinha de trigo, que colocara em um prato raso ao seu lado, e colocou-os, em uma única camada, sobre as rodas de tomate que forravam o fundo da vasilha. Um pouco do que restou na panela que havia utilizado para a fritura do bacalhau (os pimentões e os tomates) foi espalhado numa camada homogênea sobre as peças passadas na farinha de trigo.

Logo depois espalhou, formando outra camada, uma parte dos pimentões e do tomate que não foram para a panela com o bacalhau. Da mesma forma procedeu, formando novas camadas de bacalhau, do que restou na panela e das partes finais dos pimentões e tomates crus. Quando o forno já estava bastante aquecido, colocou um copo e meio de leite quente sobre o bacalhau, na travessa, cobrindo-a com laminado de alumínio. Colocou-a para assar. O leite quente, no forno também quente e misturado com a farinha de trigo que envolvia as peças de bacalhau, formaria, ao ferver dentro do forno, um grosso caldo branco. Foi servido acompanhado com arroz branco e vinho.

Com sua composição musical praticamente definida, graças à interferência de Gerard, Pablo Sanchez passou o resto do dia pescando em companhia dos novos amigos. No dia seguinte, outros passeios foram feitos pelo rio São João, belos peixes pescados e, naquela tarde, se despediram porque o Vespúcio seguiria rio acima, em direção à cidade. Mas, para o próximo fim de semana, novo encontro havia sido programado, quando o barco de Six, logo cedo, chegaria à Praia do Girassol para buscar Sanchez, que seria recebido por Six em sua casa.

Bacalhau à Milk Joe

2,5 quilos de bacalhau
4 tomates maduros
2 pimentões verdes
2 pimentões vermelhos
2 pimentões amarelos
4 colheres de azeite de oliva
2 dentes de alho
leite
farinha de trigo

Jordano Brasser, já de volta à cidade, estava sendo esperado na noite de sexta-feira, na casa de Six - mais precisamente, na *távola de Six*. Em Londres, apenas um dia foi suficiente para que todos os problemas com relação à inscrição de Gerard Vallon no Royal Albert Hall fossem resolvidos. Mas, acompanhado de Katharine Defon, outros três dias foram desfrutados na cidade com passeios em bibliotecas e grandes livrarias, principalmente.

Filé mignon ao molho de mostarda

Lena Lina, desde os tempos em que recebeu o apelido de Boanoite, dado por Elenka na disputa pelos dotes de Rodan Solarti, havia se desligado do grupo de amigos. Na época ficara totalmente envolvida com seu trabalho de assessora da diretoria do Museu de Artes, tomando isso como razão para dissimular os motivos reais da sua ausência nos encontros com o grupo.

As notícias que tinha dos amigos, assim como tudo que eles sabiam sobre ela, eram passadas por Aurora Pink que, apesar de também não estar em contato constante com eles, encontrava-os eventualmente, principalmente Elenka, em acontecimentos sociais, e Gerard Vallon, nas suas apresentações.

Mais tarde Boanoite mudou-se da cidade seguindo os passos do seu diretor, com quem se casou, indo morar na capital. Após dez anos, veio assumir a diretoria de patrimônio do Museu de Arte Moderna, por meio do qual manteve estreito relacionamento com as maiores autoridades artísticas mundiais. Percorreu o mundo em viagens de caráter promocional do acervo que administrava e participou dos mais importantes leilões de obras valiosas, principalmente em Londres e Nova Iorque, onde se radicou seu marido. A separação do casal, por contingências profissionais, acabou sendo definitiva quando se perderam os sentimentos que os unia.

Aurora Pink foi quem recebeu de volta Lena Lina na cidade, ajudando-a na organização de seu novo apartamento, que foi adquirido em fase final de construção. A belíssima decoração dos ambientes levou-o a um requinte exacerbado.

Além dos preciosíssimos quadros adquiridos no decorrer dos anos dedicados às artes plásticas, dispostos de maneira harmoniosa nas paredes, Lena Lina não deixou de usar peças com importante valor histórico. Havia trazido da Europa belos móveis antigos e autênticos que foram fundamentais na utilização dos espaços. Estava tudo pronto, agora.

No vestíbulo da entrada principal do apartamento, a sua peça mais valiosa: uma escultura de um casal nu abraçado, com vinte centímetros de altura, sobre um pedestal redondo de granito com um metro e vinte, mostrava em bronze toda a riqueza do amor, assinada por Rodin. Poderia morar com bastante conforto, sozinha, na sua própria casa, com toda privacidade. Sua mãe, dona Sarash Furnieck, morava a dois quarteirões dali e não podia prescindir mais da assistência da filha. Lena Lina precisava ficar por perto.

– Muito bem, disse a Aurora Pink, que a havia ajudado, durante toda a tarde, na colocação dos últimos adornos nos seus lugares certos. Agora estamos prontas para receber nossos velhos amigos, completou Lena Lina, afundando-se num dos macios sofás da sala, enquanto Aurora Pink assentava-se sobre as pernas cruzadas no grosso tapete de cor cinza clara.

- E quais amigos pretende convidar para essa festa de inauguração?

- Todos, respondeu secamente.

- E posso saber quais são esses seus *todos* amigos? indagou Aurora.

- Ora *La Pink*, você bem que sabe quais são todos os meus amigos nessa cidade! Há anos saí daqui e não voltei mais. Os únicos contatos que mantive foram com você e minha mãe. Por onde andam Rodan e Elenka, Jordano, Fermon e Gerard? Você e eles é que são meus amigos e estou com muita saudade de todos. Vamos começar com uma visita a Rodan e Elenka, nesta noite... e você vai comigo, completou Lena Lina, sem esperar resposta.

* * *

Eram nove da noite. Six, acompanhado de Pablo Sanchez e Gerard, aguardava Fermon. A chegada de Fermon Quetti completaria o círculo de amigos que iriam receber as *grandes novas* anunciadas por Jordano Brasser essa tarde, assim que chegasse de viagem.

Six, com seu tradicional longo avental branco, separava sobre a banca de granito da cozinha as panelas que iria usar. Uma por uma, elas eram examinadas por dentro e por fora, constatando que estavam perfeitamente limpas. O som da campainha soou forte, exatamente no momento em que Elenka passava pelo vão da porta para sentar-se à *tavola*, fazendo-a recuar e acenar para Six, para que não se incomodasse.

– Pode deixar, deve ser Fermon. Deixe que eu atendo, disse ela retirando-se.

O enrubescimento de Elenka, ao abrir a porta que dava para o abrigo da entrada principal de sua casa, não foi maior que a vermelhidão que tomou conta do rosto de Lena Lina. Apesar de tantos anos sem ver aquela que havia sido uma das suas maiores amigas na juventude, Elenka a reconheceu imediatamente. Aparentava apenas um pouco mais velha, mas parecia ainda mais bela.

O passar dos anos deu a Lena Lina um amadurecimento perfeitamente sadio, dotando-a de um corpo com as formas muito bem definidas e sua pele não tinha mais aquele rosado infantil. As fotos de Lina, que eventualmente surgiam nos jornais pela importante função que exercera nesses anos passados, não diziam com precisão como ela estava agora, mas não permitiram que Elenka, nesse período, perdesse a sua imagem. Só depois de superar o seu rápido constrangimento, Elenka percebeu a presença de Aurora Pink, que, no momento em que a porta foi aberta, deslocou-se um pouco para o lado para poder apreciar melhor o reencontro.

Elenka dirigiu-se primeiramente a Aurora, para dar tempo de restabelecer-se do susto e depois cumprimentar Lena Lina. Quando o fez, não sentia mais o seu coração palpitar, e pôde abraçá-la, demonstrando agradável surpresa. Segurando-a pelos dois braços, afastou-se um pouco, dizendo:

– Simplesmente não estou acreditando no que vejo... É você mesma? Não acredito! Não é possível... Depois de tanto tempo... Mas você está maravilhosa... Essa recepção levou Lena Lina a uma descontração que até então fingia ter diante de Aurora

Pink. Caso Aurora Pink percebesse qualquer ansiedade maior por parte dela para reencontrar os antigos amigos, esse dia poderia ser adiado por várias vezes pela amiga, até que todos soubessem do seu retorno.

- Sou eu mesma, em carne e osso! A sua amiga Boanoite: *a linda flor branca das madrugadas*... disse Lena Lina rindo, dando outro abraço em Elenka. Estou de volta, desta vez para ficar... e ficar com vocês todos; recuperar o tempo perdido.

Elenka, com um gesto, fez com que entrassem e, com outro, pediu que elas esperassem ali na sala. Foi até à cozinha, dizendo:

- Amor, quem mais você chamou para o jantar de hoje? Duas senhoras estão lá fora perguntando por Six e Gerard... Os dois se entreolharam, demonstrando uma preocupação que Elenka gostou. Levantaram-se e se dirigiram rapidamente à sala, trombando, porque cada um queria passar primeiro pela porta da cozinha.

Elenka começou a se divertir, observando o semblante indagativo de Pablo Sanchez. Quando entraram pela sala, assustaram-se com duas lindas mulheres que, de pé, esperavam, olhando os quadros nas paredes. Six parou, pensando: Puxa!... dentro da minha casa... dois *aviões* desses... Não é comigo... e voltou para Gerard, dizendo:

- Isso só pode ser rolo seu, rapaz. Agora assuma e não me comprometa... e retirou-se, dirigindo-se novamente à cozinha, encontrando Elenka e Sanchez.

- Meu amor, não é comigo. É coisa do Gerard que deve...

- Coisa do Gerard? interrompeu Elenka fingindo raiva. Como pode ser coisa do Gerard, se fui eu quem atendi a porta e elas perguntaram por vocês dois?

- Meu bem, calma! disse Six apavorado. Eu não as conheço... nunca as vi na vida!

Pablo, analisando Elenka, percebeu que ela estava fazendo algum tipo de brincadeira. Como ela poderia ter ficado com tanta raiva, assim de repente, se estava rindo enquanto eles foram à sala?

- Estão começando aparecer os seus *podres*, disse Elenka aparentando mais raiva ainda. E aparecendo logo aqui dentro da minha casa? Isso é um absurdo! completou quase gritando, quando Gerard entrou abraçado com as duas pela cozinha, puxando cadeiras para que elas se assentassem. Dirigindo-se a Pablo, disse:

- Amigo! Estas são duas preciosidades...

Six observava sem compreender.

- ... Aurora Pink e Boanoite, nossas amadas... eternas amadas... disse Gerard, apresentando-as.

Com uma gargalhada de alívio, Six apanhou uma panela e lançou-a, devagar, em direção a Elenka como represália, esperando que ela a segurasse. Sua mulher desviou-se da panela, permitindo-a que passasse por ela e fosse bater na parede, caindo com muito barulho. Logo depois *voou* um pano de prato que só parou quando envolveu o rosto de Elenka.

Num resumo rápido, todos se inteiraram de tudo que se passou com Lena Lina no período em que esteve ausente. O seu modo simpático de falar, com gestos delicados e bastante pronunciados, acentuavam a sua beleza, deixando Pablo Sanchez espantado. Sanchez não conseguia tirar os olhos dela, observando cada movimento com atenção. Quando Lina fazia algum gesto voluptuoso ou sensual, ele se empertigava na cadeira com muito interesse. O ambiente era de muita descontração e logo Elenka conduziu as duas amigas para o ambiente de estar da sala.

Serenamente, Gerard aproximou-se de Six, que estava debruçado sobre a banca de granito da cozinha, tentando disfarçar o seu mau jeito com aquela situação nova que surgiu tão repentinamente, e agravada mais ainda por uma brincadeira totalmente inocente de sua mulher.

– Hoje teremos o prato principal servido em porcelana Puiforcat, meu querido amigo? perguntou Gerard.

Six lembrou dos acontecimentos de anos atrás: da macarronada que tentou fazer para Lena Lina na sua república; lembrou dela, maravilhosa, deitada na sua cama e da macarronada de dona Sarash Furnieck. Lembrou de Elenka, furiosa, chamando Lena de Boanoite. Balançou a cabeça e só assim se deu conta do que Gerard havia dito.

– Olhe aqui seu... é bom parar com essa conversa... disse Six com ar de nervoso, mas querendo rir ao mesmo tempo. É bom parar com isso, enquanto minha mulher está levando tudo muna boa. Se você falar na vista dela, torço seu pescoço.

Gerard afastou-se, assentando-se ao lado de Pablo e, com um largo sorriso no rosto, olhando para Six que também ria, atravessou o braço sobre os ombros do estrangeiro e começou a contar longa história que culminou com o casamento do seu amigo Rodan Solarti com a bela Elenka.

A inesperada visita de Boanoite e Aurora Pink surpreendeu também Fermon Quetti, que chegou logo após as três mulheres terem ido para a sala. Sempre com suas maneiras um tanto abrutalhadas, abriu a porta de entrada com um solavanco forte, fechou-a quase batendo e, quando se virou, deparou com Elenka acompanhada das duas mulheres. Apenas acenou e foi direto para a cozinha quando, sendo interrompido pela dona da casa, voltou em sua direção.

Desta vez foi que percebeu o quanto eram bonitas as mulheres e, aos poucos, sua memória foi estabelecendo uma relação das fisionomias delas com vagas lembranças dos rostos de Lena Lina e Aurora Pink. Ficou estático. A sua grande estatura, e na posição de um pouco curvado para frente, boquiaberto, fez as três se deliciarem em grandes gargalhadas.

- O que estão fazendo aqui? perguntou.

- Vieram ver vocês... respondeu Elenka ainda rindo de Fermon que logo as abraçou.

- Que bom, que bom; vocês aqui... isso é ótimo! E como estão lindas! exclamou Fermon.

Sem se preocupar em ir até à cozinha cumprimentar os amigos, assentou-se.

- E você, Fermon, como está? indagou Lena Lina. Parece-me muito bem! Está mais gordo... observou.

- Estou, respondeu Fermon Quetti demonstrando não ter gostado da observação. Estou *mais* gordo... Aliás, em tudo que você puder pensar, houve progresso: estou *mais* gordo, *mais* velho, com os cabelos *mais* brancos, *mais* careca, *mais* sem dinheiro, *mais* brocha, enfim, *mais tudo tudo tudo...* Grandes progressos que advêm com o irreversível progresso da idade, disse pedindo licença e dirigindo-se aos amigos que estavam na cozinha.

Enquanto Fermon era apresentado a Pablo Sanchez por Gerard, Six iniciava os preparativos para o filé mignon ao molho de mostarda que ia servir para o jantar. Uma peça inteira de filé foi colocada sobre uma tábua e cortada em pedaços de três centímetros de largura, transversalmente à peça. Temperou passando sal com alho socado e um pouco de pimenta-do-reino em pó e colocou em uma travessa sobre a banca, deixando que o tempero penetrasse.

Enquanto isso, iniciou o preparo do arroz para acompanhar o prato da noite.

Uma hora depois, após muita conversa para relatar a Fermon o encontro com Pablo Sanchez às margens do rio São João, a carne foi colocada em duas frigideiras sobre duas colheres de manteiga já quente. Essa etapa teria que ser feita de maneira que não ficasse um pedaço de carne sobre outro. Eles teriam que ser virados e não poderiam ficar muito bem passados. Simplesmente ao ponto para que a carne ficasse suculenta ao ser partida no prato. Depois desses pedaços estarem prontos, foram colocados em uma travessa e guardados dentro do forno com pouco calor, para que não esfriassem até serem servidos.

Nas duas frigideiras onde passou a carne, Six colocou em cada uma delas duas colheres, das de sopa não muito cheias, de manteiga. Quando ela estava derretida, porém sem dourar, em cada uma das panelas colocou cem gramas de creme de leite, mexendo.

Paralelamente, havia colocado dois tabletes de caldo de galinha numa quantidade de água equivalente a dois copos, no fogo até ferver. Assim, adicionou às frigideiras o caldo de galinha, metade para cada uma e, à medida que foi misturando, o molho foi engrossando e adquirindo uma coloração escura, pelo desprendimento dos resíduos do filé que impregnavam as panelas.

Quando o molho ficou com a consistência que desejava, adicionou, em cada um, duas colheres das de sopa de mostarda e continuou misturando.

Ao começar a fervura, o fogo foi desligado e os pratos foram montados: colocou primeiro um pouco de arroz, em seguida dois pedaços de brócolis e duas fatias de filé mignon. Sobre a carne uma quantidade generosa do molho de mostarda que acabara de preparar. Six gostava desse prato não só pela rapidez e facilidade de preparo, mas também pelo grande respeito que tinha pela cozinha francesa.

O encanto de Pablo Sanchez por Lena Lina a deixou exaltada. Não bastasse acabar de montar seu apartamento no seu retorno à cidade, estava agora prevendo um novo envolvimento.

A audácia e o entusiasmo de Sanchez fez com que o cômico deixasse de ser ridículo, porque trazia alegria. A participação dos amigos no clima de descontração liberou o espanhol de qualquer constrangimento. Pablo, obsequioso e amoroso, caiu de joelhos diante de Boanoite que, dando um passo para trás, encostou-se na parede com um ar de assustada.

As mãos postas diante do peito, como um anjo barroco diante dos bordados floreados dos altares antigos, foram se separando vagarosamente e as palmas, lentamente virando para o teto como se saíssem para um vôo alto, pareciam dizer todo aquele encanto repentino, nascido como algo que desabrochasse do fundo de seu coração.

– Yo te quiero mucho! disse Pablo Sanchez em tom baixo de voz, mas ouvido por todos por causa do silêncio. Fermon Quetti deu uma gargalhada tão forte que fez Lena Lina enrubescer e olhar para um lado e outro como se pedisse socorro

– Levanta, Pablo! Reagiu Lena Lina dando a mão para ele com raiva. Veja só, um homem com essa idade, aprontando uma coisa dessas! Vamos, levanta!

– Por que devo me preocupar? Só porque tenho cinqüenta anos? Pode ficar tranqüila que os meus cinqüenta passarão logo... Ouviram risadas novamente.

– Como você quer que eu fique? continuou Pablo Sanchez. Acha que sou ridículo? Muito mais ridículo seria eu conter minhas reações diante das fantasias que tenho! E tenho duas, somente duas. A primeira será perpetuar meus sentimentos por você; e a segunda, eliminar tudo, apagar do meu passado aquilo que já fiz e não foi por você. De agora em diante, só nós dois... e quando nos encontraremos novamente? completou Pablo.

– Ah, não! Só mais essa me faltava! Vamos Pablo, levante-se e vamos conversar direito, disse Lena Lina, puxando o músico para cima. Os dois se retiraram para a varanda.

– Claro que vamos nos encontrar! Encontraremos, depois você vai embora e fim... disse Lena Lina para Pablo que ouvia embevecido.

– Não viajo deixando-a, nunca... Isso é um sonho...

– Pablo, disse Lina segurando o rosto do espanhol com as duas mãos. Sonhe, sonhe muito e depois caia na realidade, rapaz. É preciso sonhar muito... É preciso também acreditar nos seus sonhos. Só assim, quando estiver realmente acreditando em tudo isso que está acontecendo, é que acho que você estará sendo verdadeiro com os seus próprios sentimentos.

- Transformarei meus sonhos em realidade... Hoje tudo é real para mim; o que sinto também é real, afirmou Pablo. De agora em diante transformo os meus sonhos em realidade e viverei essa minha realidade que sempre será um sonho... com você!

Terminavam de comer o filé ao molho de mostarda, quando Jordano Brasser entrou acompanhado de Katharine. Imediatamente todos compreenderam que a novidade que Jordano teria ao chegar de viagem nada tinha com seus livros nem com a composição musical de Gerard, deixada em Londres. Já estavam diante da grande novidade: Katharine. Os cabelos esvoaçantes e o vestido leve solto sobre o corpo bem marcado definiam um conjunto belíssimo. Jordano, sorridente, cumprimentou cada um e apresentou a mulher.

- Dessa não escapo mais, disse voltando para Six. Casei, completou.

Jordano Brasser chegara de volta à cidade acompanhado de Katharine, já com novo planejamento de vida para os dois. Foram direto para seu apartamento, levando as bagagens da moça, com todos os propósitos de nova vida estabelecidos.

- Agora é para valer, completou ele.

Sim, parecia que era mesmo para valer. Estava definitivamente casado e ainda faltava o gordo Aldo Rutte que nunca havia demonstrado grandes interesses em ter uma mulher definitiva. Sua vida parecia feita de esquetes, geralmente de tipo cômico, acontecidos e surgidos de maneira que não lhe trouxessem grandes responsabilidades, dissimulados sem hipocrisia, sempre sem possibilidade de enraizamento. Ele considerava que o seu "prazer individual e imediato era o único bem possível".

Sempre se desvencilhava de cada caso com altivez, apesar de estar na mira dos amigos, que o fustigavam com suas cobranças rigorosas. Essa tendência de nunca levar nada a sério neste tipo de compromisso, conduzia Aldo a ficar, às vezes, alheio a reuniões ou encontros do grupo.

A grande simpatia que deixava transparecer pelo seu semblante calmo e sereno, não o impedia de demonstrar um certo medo de enfrentar situações que poderiam chegar até a um prazer individual e imediato pelas companhias que surgiam, porém fazia questão de não levar a vida muito a sério sabendo, com certeza, que mais cedo ou mais tarde não escaparia ileso.

O que percebia, com o passar dos tempos, é que estava cada vez mais vulnerável, cada vez mais avançado na idade, já quase passando do ponto. Aquele sonho de felicidade que tentava evitar não casando com nenhuma das companheiras que surgiram, começava a ser admitido como algo mais distante. Ainda estava feliz pelo fato de não estar comprometido, que acabava sendo reforçado pelo medo de não estar preparado para as cobranças e limitações que certamente lhe seriam impostas. Ainda insistia em bater na desgastada tecla de que todas as mulheres são iguais e que só os problemas mudavam. Ainda insistia em afirmar que preferia morrer que se deixar nos braços de uma amada e perder sua liberdade.

– Não! Não precisa se preocupar! Você morrerá mesmo que não queira: gordo desse jeito! sempre dizia Jordano diante desses comentários.

Havia medo de um dia ser torturado pelo remorso de se deixar vencer, mas era a lei da vida. "Agora é para valer..." relembrou as palavras de Jordano enquanto ressurgia a tênue e delicada imagem da belíssima Gisele Castello.

Espaguete à provençal

O dia amanheceu sombrio. Uma brisa fria penetrava pela fresta da porta que ligava a sala de jantar à varanda do apartamento de Lena Lina. Já passava das nove quando Pablo Sanchez acordou, levantando ainda meio sonolento, para tomar o café da manhã já preparado por Lina.

– Bom dia... disse ele com pouco entusiasmo, observando a vista pela janela e talvez um pouco constrangido pela má vontade que o sol demonstrava em invadir aquela bela paisagem com a sua luz forte.

Pablo Sanchez havia sido levado da *távola de Six* por Lena Lina na noite anterior, quando voltou a reafirmar que não pretendia viajar sem levá-la consigo. As tentativas foram várias até que terminaram concordando que, aos poucos e com tranqüilidade, tudo se resolveria resguardando os interesses de cada um: Pablo retornaria a Los Angeles e Lena, lá pelo fim do ano apareceria.

Às onze Aurora Pink tocou a campainha, interrompendo as carícias que já vinham acontecendo. A porta foi aberta e La Pink entrou quebrando o clima de fastio.

- Tudo é possível em nome do amor... disse Aurora, referindo-se à noitada do novo casal. Tudo é possível e admissível quando floresce o amor...

- Em boa hora chegou, interrompeu Lena Lina. Pode se preparar porque, com esse tempo, não sairemos para o almoço e, enquanto isso, minha amiga La Pink vai chegando e assumindo a cozinha...

Pouco passou do meio dia quando Aurora Pink iniciou os trabalhos na bem montada, porém pouco usada cozinha do novo apartamento de Lena Lina. Tudo perfeitamente colocado nos devidos lugares e com uma limpeza impecável.

Portas de armários e gavetas foram abertas para exploração e reconhecimento, enquanto avaliava o que tinha disponível para preparar um almoço para três pessoas. - Ei-lo, pensou ao avistar em um armário pacotes de diversos tipos de massas. Talvez na geladeira poderia haver outros ingredientes que iriam auxiliar na confecção de um bom molho e tudo estaria resolvido com facilidade.

Observando os produtos bem arrumados, foi elaborando mentalmente a sua lista de ingredientes ao separar três tomates maduros, cinco dentes de alho já descascados, quatro bolas de mozarela de leite de búfala, manteiga e metade de um frango assado que mais parecia ter sido comprado no dia anterior de uma daquelas assadeiras de mercearias. Desossou e picou a carne em pequenos pedaços, colocando-os em uma panela que tivesse tamanho suficiente para cozinhar aproximadamente trezentos gramas de espaguete.

Uma colher, das de sopa, de manteiga foi o suficiente para que se iniciasse o processo de fritura da carne de frango e, quando ficou bem quente, adicionou meio copo de água que, ao se misturar com o frango já bem tostado, um caldo começou a ser formado até que, ao secar, iniciou nova fritura. A operação foi repetida e, desta vez, o caldo ficou mais forte. Os pedaços de carne foram retirados da panela e dois litros de água fervente foram adicionados com uma colher rasa, das de sopa, de sal.

Logo em seguida foi mergulhado o espaguete para o cozimento que durou cerca de quinze minutos e depois colocado para escorrer, depois de enxaguar um pouco com água fria para interromper o processo de cozimento. Se tivesse simplesmente sido escorrido e deixado esfriar naturalmente, a massa passaria do ponto ideal de cozimento, prejudicando a qualidade do preparo.

Em uma frigideira profunda foram colocadas duas colheres, das de sopa, de manteiga que, quando aquecida e baixada a espuma que normalmente surge, recebeu os dentes de alho grosseiramente amassados. Quando fritos, acrescentou os tomates que haviam sido despelados, descaroçados e picados em pedaços quadrados, de um centímetro aproximadamente, e uma colher de chá de sal.

Assim que se aqueceram os tomates, sem que cozinhassem, a massa foi acrescentada sendo revirada constantemente, com a utilização de dois garfos, até que também se aquecesse. Quando tudo foi colocado em uma travessa rasa de louça branca, a mozarela, depois de picada, foi adicionada e misturada, sendo espalhado por cima de tudo uma quantidade equivalente a uma colher rasa, das de sopa, de orégano. Se tivesse sido possível usar folhas frescas de orégano, elas deveriam ter sido picadas e jogadas sobre a massa, porém em quantidade bem menor, porque o sabor é mais promunciado no produto fresco.

Ao ser servido, o espaguete à provençal recebeu uma quantidade generosa de azeite de oliva extra-virgem.

Essa receita era uma das preferidas de Aurora Pink. Outros pratos, por não ter muita experiência, evitava sempre preparar, mas quando se tratava de massas, ela usava de toda sua imaginação para criar novos molhos diferentes e saborosos, preparando até suas próprias massas quando tinha mais tempo disponível para se dedicar à cozinha. Os afazeres domésticos e culinários sempre ficavam prejudicados, devido à grande dedicação que seu trabalho exigia. Para uma executiva de empresa internacional, outras formas de lazer eram procuradas: aquelas que não viessem dar trabalho em casa - cinemas, teatros, leitura, músicas...

Espaguete à provençal

(para 3 pessoas)

três tomates maduros
cinco dentes de alho
quatro bolas de mozarela de leite de búfala
três colheres, das de sopa, de manteiga
três pedaços de frango já preparado
300 gramas de espaguete
sal
orégano

Costela de porco assada ao molho mascavo

O ócio tomou conta de Lena Lina após a viagem de Pablo Sanchez. Essa indolência não a estimulava muito a tomar qualquer tipo de iniciativa, o que já irritava sua amiga Aurora Pink. Aos poucos o quadro foi mudando quando passou a ser convidada e, às vezes até convocada para se juntar ao grupo na casa de Six.

Aldo Rutte e Jordano Brasser pouco conversavam, observando os saracoteios de Six que mais pareciam um bailado na cozinha.

Six havia temperado no dia anterior uma peça inteira de costela de porco magro com vinha d'alhos e vinagre de maçã. Nesse período, por três vezes ele foi até à cozinha e virou para cima o lado da peça que estava embebida no tempero, sempre regando-a, usando uma colher.

Agora deveria apenas preparar o molho que ia ser utilizado no assado. Lavou o arroz, colocando-o para escorrer e secar quando entram pela cozinha Lena Lina e Aurora Pink acompanhadas de Elenka – sempre belas, as três.

Lena, dirigindo-se a Jordano Brasser, disse:

- Li seu livro... acabei hoje.

- Ah, foste tu? exclamou Jordano com um sorriso meio sarcástico, sabendo que Lena Lina nunca havia sido muito chegada às letras desde o tempo de estudante. Quis demostrar alguma surpresa pelo acontecimento.

- Mas que bom que fui seu escolhido, Lena, continuou Jordano tentando corrigir a graça quis fazer sem dar, no entanto, o resultado pretendido.

- A gente escolhe as pessoas para que entrem nas nossas vidas... disse Lena Lina com olhar vago e observada pelos amigos, quando Six exclamou:

- Señor Pablo Sanchez entra en los aires...

- Isso mesmo, e você foi responsável por tudo. E agora cá estou eu... disse Lena indicando seu próprio corpo com as mãos, a sempre invicta, totalmente demolida, arruinada porém amada... grande coisa! A mesma durona de outrora agora é vencida neste curto espaço de tempo que chamamos de vida... um tempo mágico em que nascemos, crescemos, ficamos bobas e nos apaixonamos por homens que vão embora para Los Angeles porque têm trabalho lá para fazer.

A surpresa era total diante das novas reações de Lena Lina envolvendo o seu próprio coração.

- A procura da felicidade gera uma ânsia talvez mais forte que o fato de amar profundamente alguém para obtê-la. Quem está pronto para viver um grande amor? Você está? perguntou olhando para Aldo e continuou antes que ele se manifestasse:

- Você está? perguntou agora dirigindo seu olhar para Aurora Pink. Se formos esperar estarmos prontos para amar, jamais amaremos verdadeiramente! Se esperarmos estar prontos, estaremos, na verdade, é jogando para cima esse efêmero período de vida que temos e, jogando-o fora, não voltará jamais. Irrecuperável!

- A excitação proporcionada pelo estado de espírito de amar, continuou ela, nos leva a um jogo; um jogo no qual não queremos perder nada e nunca! Um jogo onde estão envolvidos o ato de viver intensamente e o próprio destino. O verdadeiro e natural amor comandará todas as nossas emoções, disse em tom de voz mais baixo completando:

- O prazer de superarmos a nós mesmas, de superarmos as nossas próprias forças e a nossa capacidade de amar, nos fará acreditar, acima de tudo, na bondade e na sinceridade do amor para que não padeçamos de solidão. Fiquem sabendo que estou me mandando para Los Angeles... terminou ela em voz mais baixa ainda e pausadamente o seu discurso sobre o amor e sobre amar Pablo Sanchez.

Six colocou duas xícaras das de chá bem cheias de açúcar mascavo escuro em uma panela que havia acabado de colocar sobre uma chama acesa com fogo brando. Adicionou quatro dentes de alho socados e quando o açúcar mascavo começou a derreter, colocou também na panela quinhentos gramas de polpa de tomate temperado com um pouco de sal. Tomou cuidado para que o sal não fosse muito por que geralmente, quando comprado pronto, a polpa de tomate pode vir já temperada. Com uma colher de pau foi mexendo até quando foi iniciada a fervura, adicionando finalmente os dois últimos componentes do molho mascavo: uma xícara de chá quase cheia de molho inglês, destes que se compra em supermercado, e quatro colheres, das de sopa, de mostarda.

Deixou cozinhando por três a quatro minutos em fogo brando, sempre mexendo e observando a sua consistência – depois que engrossou um pouco, apagou o fogo. Com um pincel de três centímetros de largura, passou o molho mascavo sobre toda a peça de costela de porco que já estava em uma travessa para ser levada ao forno. O forno também tinha de ser em fogo brando: mais ou menos cento e vinte graus.

Foram duas horas de angústia para os amigos da távola. O cheiro delicioso sacrificava todos os estômagos famintos, porque saía pelas frestas da tampa do forno e também invadia toda a casa quando, de quinze em quinze minutos, ele era aberto para que a costela de porco fosse virada e novamente pincelada com o molho mascavo.

Foi servido para acompanhar, o arroz branco que foi preparado com toda calma, enquanto a carne era assada. O calor do forno foi aproveitado para assar também algumas batatas inglesas com as próprias cascas e embrulhadas em folhas de alumínio. Os pratos foram preparados individualmente por Six, que colocou a metade de uma batata assada coberta com um pouco de manteiga, duas conchas de arroz com salsa picada espalhada por cima e, finalmente, uma tira larga da costela assada, completada com uma cobertura do que sobrou do molho mascavo.

O aspecto do prato era bastante interessante pelo contraste que havia entre o branco do arroz e a cor escura dada à carne assada pelo molho mascavo pincelado várias vezes.

Costela de porco ao molho mascavo

(De Olivier Anquier)

1 costela de porco magra e inteira
2 xícaras, das de chá, de açúcar mascavo escuro
4 dentes de alho
500 gramas de polpa de tomate
$^{3}/_{4}$ de xícara, das de chá, de molho inglês
4 colheres, das de sopa, de mostarda amarela

Filé de avestruz ao molho de roquefort

O *site* do Royal Albert Hall diariamente era consultado por Gerard Vallon e Jordano Brasser, fazendo o acompanhamento dos trabalhos de premiação do I Concurso Internacional de Música Clássica Contemporânea. Inicialmente ouve uma pré-seleção onde três membros do corpo de jurados eliminaram setenta das noventa e duas composições inscritas. Foram trabalhos que não atenderam aos requisitos mínimos estabelecidos pelos organizadores.

Passaram quinze dias até que cinco membros do novo corpo de jurados apresentassem os dez melhores para a seleção final que deveria ser feita por outros julgadores. Destes dez finalistas, três deveriam ser designados para a grande final com apresentações individuais em três dias seguidos, quando uma tevê local faria as transmissões para que pudesse haver também julgamento por parte do público.

A London Philarmonic Orchestra iniciou então os ensaios para as apresentações, sendo os trabalhos de um russo, um eslovaco e de Gerard Vallon os escolhidos. Com a divulgação dos três finalistas, a cidade saiu totalmente do cotidiano, aparecendo manifestações de apoio ao trabalho de Vallon de várias formas. Houve uma modificação tal que parecia tempos de eleições. Adesivos em vidros de carros, bandeiras e faixas com dizeres alusivos ao Conserto Duplo Para Piano, Violino e Orquestra de Gerard Vallon.

Iniciou-se então uma vigília, que voltando todos os seus interesses para o Royal Albert Hall, durou trinta dias, até que se iniciaram as apresentações. A primeira, do trabalho do compositor russo, a segunda, do concerto de Gerard e, finalmente a terceira, da composição criada pelo eslovaco.

No dia seguinte à ultima apresentação, foi divulgado o quadro com a pontuação, dando o primeiro lugar na classificação geral para o Concerto Duplo Para Piano, Violino e Orquestra de Gerard Vallon, premiado também com o primeiro lugar no julgamento feito pelo público londrino.

Outros trinta dias deveriam passar para a apresentação final da obra pela London Philarmonic Orchestra em rede internacional de televisão via satélite, com a participação do compositor ao piano, como no dia da gravação na Grande Sala de Concertos Sinfônicos. De Los Angeles, Pablo Sanchez já articulava sua ida a Londres marcando seu encontro com os amigos da Távola de Six, incluindo Lena Lina, saudosa.

A Távola de Six vivia clima de enorme euforia. Era o grande dia de Gerard Vallon, mais uma vez premiado internacionalmente. A alegria intensa do maestro lhe devolvia o ar expansivo e descontraído que há muito estava perdendo de vista. Vários fatores contribuíam, somando a cada dia, com os problemas inevitáveis que sempre surgiam diante das suas atividades: era a administração da Grande Sala de Concertos Sinfônicos; a condução, ensaios e controle de todas as atividades da Orquestra Filarmônica Municipal; os problemas com músicos que entravam e saiam do quadro da orquestra e suas seleções, culminando com o pouco dinheiro que arrecadava até ao fim de cada mês para que pudesse saldar os compromissos que tinha.

Os amigos acabavam socorrendo porque sabiam que esta angústia não ia acabar nunca e muito interferia no seu estado de espírito. A premiação do Royal Albert Hall parecia que ia sanar todos os seus problemas financeiros de uma só vez. Com o cheque de quatrocentos mil dólares que receberá como premiação, a sua aposentadoria estará totalmente garantida e daí por diante terá tranqüilidade e serenidade maiores para conduzir suas atividades como maestro, músico e compositor.

Six havia recebido de um amigo criador de avestruzes um belíssimo pernil. Era uma carne vermelha, mais parecida com carne bovina, porém sem nenhuma gordura. Esses doze quilos de carne, cujos jornais e revistas especializadas tanto propagavam em fortes brados de *sem colesterol, sem toxinas, sem hormônios* era a melhor alternativa para aqueles que procuram comidas saudáveis. Seria a grande opção comercial no setor de alimentação neste século, tendo em vista que está acontecendo grande mudança de comportamento das pessoas em relação a qualidade de vida – que é diretamente ligada à qualidade da alimentação.

Esse grande pernil, no mesmo dia em que lhe fora entregue, foi separado em cortes de acordo com a anatomia da ave, resultando em grandes peças que os menos avisados poderiam até confundir com uma grande picanha bovina, sobrando apenas um enorme osso, um fêmur de mais de oitenta centímetros de comprimento, transformado mais tarde em troféu na cozinha de Rodan Solarti.

Uma dessas peças de carne estava agora estendida sobre uma chapa de nylon usada para cortes. Dela Six conseguiu tirar dezesseis pedaços em forma de cubos de filé ao turnedô, temperou-os com sal fino e pimenta-do-reino em pó e colocou-os em uma travessa para dar tempo que o tempero penetrasse na carne. Os filés de carne de avestruz, além de serem bastante semelhantes aos de gado, têm também a sua consistência. A carne de avestruz é toda macia; a variação que ocorre é apenas nos cortes, em função dos tamanhos das peças, que vão de pedaços para preparo de pratos como stroganoff ou picadinhos, até grandes peças para churrascos ou assados.

A chegada de cada um dos amigos à casa de Six era comemorada com abraços, pulos de alegria e, sem poder deixar de ser, whisky para todos.

Fermon Quetti, ausente já há alguns dias do grupo por motivo de viagens, era o mais empolgado com os últimos acontecimentos. Mesmo assim não deixava de estar prestando atenção em tudo que o cozinheiro amigo fazia para produzir aquela iguaria ainda totalmente desconhecida deles. Tudo estava sendo anotado, como normalmente o fazia, para que as receitas de Six não caíssem no esquecimento.

A única pessoa que realmente havia comido carne de avestruz por várias vezes e de vários tipos de preparo, era Boanoite, a Lena Lina, por suas inúmeras viagens ligadas ao meio artístico internacional.

– Hoje comeremos filé de avestruz ao molho de queijo roquefort, disse Fermon aos amigos, exatamente enquanto entrava Jordano Basser e sua Katharine. Brasser comparecia para se despedir dos amigos. Estava, juntamente com Katharine Defon, indo para Los Angeles, onde trabalharia pelo menos por seis meses, para transformar em roteiro para filme o seu último livro editado na Europa e na América do Norte:

– Alferes, disse ele o nome do livro para os amigos.

Era uma reportagem histórica sobre um personagem militar que viveu no século dezoito, na época de grandes conquistas territoriais e da opulência das minerações de ouro. Esse homem, que havia sido arrecadador da derrama, tornara-se no maior ourives da região e fazia esculturas curiosíssimas em cristais. Crianças pobres e abandonadas da época foram acolhidas e transformadas em artistas e fabricantes de violinos e violas. A sua vida era dividida ainda entre o garimpo, onde exercia enorme liderança sobre os menos favorecidos diante de lutas pelos seus direitos e, na cidade, desempenhava práticas políticas que eram combatidas a ferro e fogo pelo governo imperialista.

Six colocou os pedaços de carne em uma frigideira grande com óleo e meia xícara de conhaque Hennessy e, depois de quatro minutos, virou as peças, iniciando então a fritura do outro lado. Foram mais quatro minutos. O preparo do molho foi na mesma frigideira que usou para as carnes. Aqueceu três quartos de uma xícara, das de chá, de creme de leite fresco e imediatamente adicionou 250 gramas de queijo roquefort em pequenos cubos. Em dois minutos que a frigideira ficou em fogo médio fervendo aqueles ingredientes, Six picou, no sentido transversal, cem gramas de bacon já fatiado e passou-o em uma outra frigideira pequena, usando uma colher com manteiga.

Em uma travessa de louça, untada com manteiga, colocou as peças de carne organizadamente cobrindo-as com o molho de roquefort quente. Sobre o molho foram jogadas as pequenas fatias do bacon frito e tudo foi para o forno que estava a cento e oitenta graus. Depois de quinze minutos de calor forte, a travessa foi retirada, decorada com alcaparras e servida acompanhada de arroz branco e batata *sautée* salpicada com salsa bem picada.

Filé de avestruz ao molho de queijo roquefort

2 quilos de filé de avestruz
½ xícara, das de chá, de conhaque
¾ de xícara, das de chá, de creme de leite fresco
250 gramas de queijo roquefort
100 gramas de bacon
1 colher, das de sopa, de manteiga
alcaparras
óleo
sal
pimenta do reino moída

A ida de Jordano Brasser para uma temporada de trabalho em Los Angeles abria um novo marco na sua vida profissional. Da mesma forma estava também o companheiro Gerard Vallon, com sua apresentação no próximo mês, no Royal Albert Hall, em Londres.

Fazer cinema, ou propriamente literatura para cinema, livros que se tornavam roteiros de filmes, é um ponto elevado de uma carreira literária bem sucedida. Representava aumento espetacular nas vendas, não só do livro que se tornou roteiro de filme, mas também dos outros anteriormente publicados. Representava, acima de tudo, um novo relacionamento com editores nacionais e internacionais.

A arte de fazer a *sétima arte* ia passar agora utilizar os trabalhos de Katharine Dufon, a esposa e companheira constante, jornalista e totalmente familiarizada com a linguagem cinematográfica.

Katharine sempre dedicou grande espaço do seu trabalho ao cinema, tendo realizado coberturas jornalísticas dos eventos ligados à entrega da premiação Oscar, tanto para jornais e revistas, quanto para transmissões ao vivo de televisões, porque era bem informada sobre o que estava acontecendo nos *sets* de filmagem. Teve oportunidade de fazer também, por três anos consecutivos, matérias para o Los Angeles Times, sendo a última, uma entrevista com Elton John, quando o compositor recebeu o terceiro prêmio Grammy e o Oscar de melhor canção do ano com *Can you feel the love tonight?*.

À arte de fazer a *sétima arte* serão dedicados todos os esforços de Jordano e Katharine. A oportunidade única de maior sucesso teria que ser coroada com a competência do trabalho de cada um. Jordano agiria na definição dos caminhos para o desenvolvimento do roteiro e Katharine trabalharia com o levantamento de dados e passagem de informações, assim como estabeleceria, daí por diante, todos os contatos com a imprensa e com os editores - seria a empresária que cuidaria dos negócios. Desta forma poderiam fechar a volta completa de cada fase da elaboração do roteiro.

Fazer cinema era conduzir os autores a grandes fortunas. Antes do contrato milionário de Jordano com Hollywood, os mesmos produtores haviam mostrado sua sede por livros de sucesso, contratando simultaneamente John Grisham pelos direitos de *A time to kill* por seis milhões de dólares e o estreante em roteiros Nicholas Evans por três milhões de dólares pelos direitos de *The horse whisperer* que iria ser filmado pelos estúdios Disney.

Jordano Brasser iria receber no decorrer dos seis meses em Los Angeles o montante de três milhões de dólares. Os direitos cinematográficos de *Alferes* seriam recebidos mesmo antes de o livro ser publicado e o autor passaria agora para a mesma faixa de Grisham, que já havia filmado *The firm* e *The client* e de Arthur Hailey, Pat Conroy com seu *Beach music*...

A programação da editora americana Doubleday, uma das maiores do mundo, era imprimir, na primeira edição, quinhentos mil exemplares de *Alferes* e colocá-los em todas as livrarias dos Estados Unidos na ocasião do lançamento do filme.

Risoto de polvo com tomate seco

O embarque para Londres estava marcado para sete horas da noite, partindo do aeroporto internacional. A atribulação de última hora de Six pela retirada de novo passaporte e, juntamente com Fermon, organizando tudo na empresa para que pudessem viajar os dois sócios e comandantes de todas as ações comerciais, não tirou o brilho da festa de despedida de Gerard Vallon.

A prefeitura municipal e a associação dos músicos e compositores organizaram essa despedida com uma grande manifestação popular de apoio a Gerard, promovendo apresentação da Filarmônica Municipal que interpretou, em praça pública, o concerto composto pelo músico da cidade e, posteriormente, envolvendo todos por uma forte emoção, o hino nacional.

Bandeiras e faixas com mensagens de agradecimento e estímulo fizeram descer lágrimas pelas faces de Gerard que, durante todo o tempo era cumprimentado por populares e admiradores.

O embarque foi tranqüilo e, por causa do cansaço pelos preparativos da viagem e de algumas doses de bebidas oferecidas logo depois da decolagem, Gerard, Six e Elenka e Fermon Quetti caíram no sono embalados pelo ronco surdo e longínquo das turbinas.

As nuvens densas que cobriam a capital inglesa na madrugada foram furadas pelo avião e, sem que os passageiros percebessem, a pista já estava sendo tocada pelas rodas que gemeram e soltaram fumaça branca, correndo...

Ao amanhecer já estavam a caminho do hotel. O deslumbre com as paisagens britânicas, até então desconhecidas, alegravam Gerard e os amigos eram contagiados.

O enorme saguão de seis metros de altura, decorado com quadros valiosos, belíssimas esculturas e móveis tradicionais britânicos davam ao hotel clíma de austeridade que, mesmo assim, não inibia os ânimos do pequeno grupo. Quando identificado, foi logo assediado por dois fotógrafos, três jornalistas e uma câmara de tevê.

Um café-da-manhã foi a maneira mais descontraída que encontraram para que Gerard Vallon se acostumasse com o prestígio internacional que agora surgia. As perguntas dos repórteres eram respondidas com calma e sob olhares dos companheiros de viagem que meneavam, de outra mesa, a cabeça e punham-se de acordo.

Já à noite, um jornal de uma emissora de televisão anunciava a chegada do compositor premiado. Gerard Valon mereceu alguns minutos de divulgação, sendo apresentado um trecho de sua composição quando executada para a finalíssima do concurso promovido pelo Royal Albert Hall.

Na manhã seguinte três jornais, sendo um deles o London Times, estamparam fotos do compositor na primeira página, citando a premiação internacional e a próxima apresentação do concerto pela London Philarmonic Orchestra, quando seria feita a audição do grande vencedor do concurso, solando no mais admirado e desejado piano do mundo. Todo compositor ou instrumentista que tivesse podido um dia assentar-se no banco daquele piano, estaria seguramente tocando para o mundo.

Igor Stravinski foi o primeiro compositor a adotar o piano como instrumento de orquestra. Até então era usado pelos grandes compositores somente para trabalhos particulares de composições, pela grande versatilidade sonora do instrumento ou para audições privadas. As notas que deveriam ser apresentadas em orquestrações com mais individualidade, maior destaque, eram sempre dedilhadas em violinos e violas, principalmente. O compositor russo desafiou os tradicionalistas e, de uma certa forma, demonstrou audácia e falta de respeito quando, ao piano e orquestra, fez a primeira audição do seu balé *Petruchka*, e posteriormente, com *A sagração da primavera* consagrou definitivamente a participação do piano nas grandes orquestras da época.

Agora cabia a Gerard Vallon, com a audácia e a ousadia que sempre lhe foram peculiares ao compor, ocupar o enorme piano de concertos, com sua cauda longa e sua sonoridade impressionante.

O Royal Albert Hall já estava quase totalmente lotado, faltando ainda quinze minutos para o início da apresentação da London Philarmonic Orchestra. Os famosos ingressos rosados correspondentes aos últimos lugares a serem ocupados, da mais famosa casa de concertos do mundo, eram recolhidos e traziam impressos: Gerard Vallon - Promenade Concert.

Rodan Solarti e Elenka, acompanhados de Fermon Quetti, em trajes rigor, apresentaram-se à recepção e foram conduzidos, como convidados especiais, ao primeiro camarote da esquerda, no nível superior da sala de concertos. Dalí então, sem palavras, sentiram a grandiosidade da apresentação e o grande valor e importância dados pelos europeus a estas apresentações.

Antes que os salões fossem abertos ao público, toda orquestra e o pianista concertista haviam feito o ensaio final da apresentação e todos os instrumentos foram afinados afinal, sendo a afinação aferida pelo primeiro violino da orquestra. Os músicos se retiraram, deixando seus instrumentos nos respectivos lugares. O piano ali estava imponente, com sua cobertura aberta para que a sonoridade fosse ainda maior. Era um gigante negro que deveria encantar nesta noite.

Um silêncio solene invadiu a sala quando surgiram os músicos, todos vestidos de preto, e foram ocupando os seus lugares. A organização era tal que até a ordem de ocupação dos seus lugares era respeitada, sendo o primeiro da fila o responsável pelo tímpano, que ocupava o lugar mais alto na última fila, tendo de um lado os pratos e de outro, três trumpetes. Não passou mais de um minuto, com todos os instrumentistas nos seus postos, quando uma forte salva de palmas anunciou a entrada do maestro, o comandante da London Philarmonic Oschestra.

Após reverenciar o público, deu-lhe as costas e com um leve toque da batuta na estante de partituras, todos os músicos se colocaram de pé. Gerard Vallon, trajando um impecável fraque longo com calça listrada de preto e cinza escuro, surge pela lateral da orquestra. Todo o público fica de pé e aplaude o grande vencedor do I Concurso Internacional de Música Clássica Contemporânea que, emocionado, dirige-se ao piano.

Novamente um leve toque foi dado com a batuta na haste superior da estante. Todos os músicos, que ainda estavam de pé, tomaram seus assentos, menos o contrabaixista bem no meio da orquestra, o tímpano, na parte superior e o primeiro violino, bem ao lado do maestro.

Depois de um leve aceno do maestro, o primeiro violino tocou levemente uma nota que foi repetida por vários outros músicos: era a conferência final da afinação.

A batuta estava erguida e quando iniciou a descida lenta, os violinos começaram com um som quase inaudível que ia crescendo aos poucos, depois iniciando as violas para o fortalecimento dos sons que agora começavam invadir o Royal Albert Hall. Quando entraram os metais, parecia que não cabia mais som dentro do salão e então dois toques fortíssimos dos tímpanos e pratos interromperam essa cadeia maravilhosa de acordes, deixando surgir ao fundo e crescer cada vez mais o piano de Gerard Vallon.

A apoteose final do concerto fazia Gerard quase cair do banco de tanto que se agitava, fazendo suas mãos correrem de um lado para o outro, interrompendo com batidas fortes sobre as teclas exageradamente brancas do piano.

O suor corria-lhe pelas faces quando os braços foram deixados livres e caíram apontando para o chão. A cabeça inclinou para frente, fazendo os cabelos encharcados tocarem as partituras que lhe deram o caminho para uma apresentação exuberante. Nunca havia se sentido tão vibrante em um piano quanto aquele dia. Nunca havia experimentado emoção tão forte, capaz de elevá-lo a um êxtase tal que parecia estar voando sobre o palco e os músicos.

O maestro ainda permanecia curvado para o público que aplaudia de pé – aplaudia a atuação do maestro, aplaudia a orquestra e vibrava com a atuação do pianista e compositor que, como num ato de volúpia, levantou-se e abriu os braços como se quisesse abraçar todos os que o aplaudiam; todos aqueles que sequer o conheciam, mas lhe proporcionavam um momento de muita glória. Existiam apenas três amigos ali que o conheciam muito – e eles estavam assombrados, atônitos com o que acabavam de presenciar.

Somente depois da retirada do maestro, do primeiro violino e do compositor-concertista, depois de terem retornados ao palco para novos agradecimentos, é que os músicos iniciaram a saída para, finalmente, o público começar a abandonar o salão principal do Royal Albert Hall.

A emoção não foi menor quando se encontraram os quatro amigos no hall principal num único abraço, demonstrando a grande união de tantos anos que havia entre eles. A emoção não foi menor também quando o músico premiado foi surpreendido com a imagem de Pablo Sanchez e Lena Lina, juntos, se aproximar lentamente, de braços dados, e os outros braços abertos, num cumprimento carinhoso. Gerard sabia que eles haviam programado viajar a Londres, mas não haviam dado mais notícias. – Talvez não viessem... havia pensado antes do concerto. Mas agora, com toda certeza, uma boa comemoração estaria para acontecer.

Com a iniciativa do maestro da London Philarmonic Orchestra, três enormes carros pretos, daqueles de quatro portas de estilo antigo, estavam estacionados em frente à casa de concertos, cada um com seus motoristas, para conduzi-los a um restaurante, não muito luxuoso, porém, tradicional pela excelência de sua comida.

Toda a tradição londrina se manifestava no ambiente do restaurante. Por uma única porta era feito o acesso que dava para uma longa galeria de quatro metros de largura, com três portas da mesma dimensão: uma ao fundo que dava para o salão principal que era o do restaurante, e duas outras, uma para cada lado, bem no meio da galeria. A porta da esquerda dava para um sombrio *pub* típico inglês e a da direita, pela qual passaram, conduziu-os a um interessante bar, claro porém um pouco pesado por causa da grande quantidade de madeira que era usada nos revestimentos das paredes. Mas era bem agradável por causa do vasto e muitíssimo bem cuidado jardim que era visto pelos quatro grandes vãos sem portas, protegidos por coberturas individuais de telhas fabricadas com pedras de ardósias verdes.

Foram acomodados em uma mesa redonda e grande que tinha a sua parte central, ressaltada mais ou menos dois centímetros, construída em um círculo de granito cinza já com seu polimento bastante prejudicado pelo uso de anos a fio. Neste centro havia um enorme e belo vaso de cristal com flores de vários tipos, parecendo mais imitar uma natureza de Cèzane pelo seu belíssimo colorido. Um pequeno envelope pendia de uma das flores, amarrado por um fio dourado, inscrito: *Para Gerard Vallon.*

Gerard, alertado por Six, retirou do envelope um cartão que dizia:

> DAQUI IMAGINAMOS O TAMANHO
> DA SUA ALEGRIA.
> ABRAÇOS DE
> *JORDANO E KATHARINE DUFON*

Jordano Brasser e Katharine assistiram em Los Angeles a transmissão pela tevê da apresentação do amigo compositor. O maestro fora usado, por intermédio de Pablo Sanchez, para comprar as flores e para ser a fonte das novas informações aos jornalistas londrinos de que Gerard Vallon iria ser contratado pela produção do filme *Alferes*, cujo roteiro estava sendo trabalhado por Jordano em Hollywood, para a composição da trilha sonora.

O restaurante *The Prince* tinha um dos mais famosos chefes de cozinha de Londres. Jean-Baptiste Rameau nascera na França, teve uma formação rigorosa para uma família de grandes chefes. Seu pai, e posteriormente um tio e seu irmão mais velho traçaram o caminho da fama para os Rameau.

Jean-Baptiste, após passar por restaurantes do sul da França e se tornar grande conhecedor dos vinhos e viniculas francesas, radicou-se na capital do Reino Unido onde, depois de algumas tentativas, se fixou no *The Prince* tornando-se, no decorrer de doze anos, o mais importante funcionário da casa, sendo citado como referência para qualquer programa culinário que requeira elevado grau de requinte dos pratos e, principalmente, do paladar.

A presença do grupo de Gerard Vallon já estava programada quando foi feita a reserva e a encomenda das flores por um emissário do maestro. A presença de Gerard Vallon agitou todos os setores do restaurante, fato que sempre ocorria com a chegada, às vezes imprevista, de autoridades, estadistas e importantes esportistas. Fotos de personalidades eram espalhadas por todas as paredes - de Chaplin a Pelé, todos registrados.

Jean-Baptiste Rameau trajava um terno escuro e sobre ele um avental branco que trazia na lateral esquerda superior a tradicional marca - a coroa real de cinco centímetros aproximadamente, com a inscrição *The Prince*, tudo bordado a mão com linhas azuis.

O gran-chef iria preparar, enquanto degustassem um vinho no bar, um dos pratos famosos do *The Prince* - o risoto de polvo com tomate seco. Separou uma medida de setecentos gramas de polvo picado que já havia sido cozido em água de sal, alho socado e pimenta-do-reino moída.

Em uma grande frigideira colocou o polvo sem caldo, adicionou duas colheres, das de sopa, de azeite de oliva extra virgem e, logo após, uma colher, das de sopa, de colorífico vermelho, fritando-o um pouco no azeite quente. Quando surgiu um caldo vermelho junto ao polvo, adicionou trezentos gramas de polpa de tomate e dois tomates picados, descaroçados e sem pele.

A essa mistura que cozinhou por cinco minutos foram adicionados cem gramas de tomate seco picado. Mais três minutos no fogo brando e duas xícaras de água fervente foram entornadas no panela. A complementação dos temperos foi feita com um pouco de sal, um dente de alho socado e uma pitada de pimenta-do-reino moída. Depois de cada elemento adicionado, o chefe fazia uma prova. Isso era a garantia para um prato bem temperado.

Para cada um dos novos clientes, o chefe Rameau cortou quatro longas tiras de pimentões. Quatro de pimentões amarelos e quatro de pimentões vermelhos. Estas tiras foram adicionadas ao polvo e por mais dois minutos cozinharam e foram retiradas e separadas.

Esse caldo forte com o polvo picado foi transferido para uma panela maior, de maneira que pudesse receber três xícaras cheias de arroz arbórico, o específico para o risoto. A partir daí passou o comando das operações para o cozinheiro que, até então, só observava os trabalhos do chefe; ele deveria ficar mexendo a panela constantemente para, primeiramente, se obter um cozimento por igual e, depois, controlar o grau de cozimento do arroz – a água quente deveria ser adicionada sempre que necessário, em quantidades pequenas, até ao ponto perfeito.

Uma hora depois que chegaram, os amigos foram transferidos para uma longa mesa no salão do restaurante. Todas as cadeiras possuíam espaldar de média altura, o que dava um ar de mais sobriedade ao ambiente. Elas eram muito pesadas e tinham acabamento em tiras douradas sobre tecido aveludado na cor marrom.

Rapidamente, enquanto eles se deslocavam do bar para o salão do restaurante, aquelas flores do vaso que estava sobre a grande mesa redonda foram levadas e distribuídas em dez outros vasos menores, também de cristal, e colocados diante de cada lugar que deveria ser ocupado na nova mesa. Um grande lustre com características medievais e adaptado para receber lâmpadas, pendia sobre o centro desta mesa.

Após a entrada de canapés de caviar acompanhando uma sopa de legumes frescos cozidos aos funghi secchi, foi servido o prato principal – o escolhido do cardápio pelo maestro.

Para cada um dos clientes foi montada uma terrine. Essas terrines receberam as porções de risotto de polvo que foram decoradas com aquelas tiras de pimentões de duas cores que estavam aguardando para serem utilizadas. Foram colocadas aleatoriamente em cada terrine, sobre o risoto. Pesadas colheres de prata foram usadas para servir cada um, em belíssimas louças de origem inglesa, decoradas nas bordas em vermelho escuro com filetes dourados.

Risoto de polvo

3 xícaras, das de chá, de arroz arbórico
700 gramas de polvo picado
2 colheres, das de sopa, de azeite de oliva
300 gramas de polpa de tomate
1 colher, das de sopa, de colorífico
2 tomates
100 gramas de tomate seco
Alho, sal e pimenta do reino
1 pimentão amarelo
1 pimentão vermelho

Bolinho de arroz

Aldo Rutte esperava no aeroporto o desembarque do pequeno grupo que retornava de Londres trazendo um troféu: o prêmio máximo do I Concurso Internacional de Música Clássica Contemporânea do Royal Albert Hall. Ao seu lado a mais nova surpresa: Gisele Castello.

Gerard Vallon, ao receber os cumprimentos de vários conhecidos que estavam no aeroporto, confirmou que também na sua cidade já havia chegado a notícia do trabalho que faria para o cinema. Compor uma trilha sonora era a superação; era superar todos os seus limites trabalhando sobre diálogos e imagens.

Para ele, compor uma trilha sonora para um filme cujo roteirista, seu amigo Jordano, estava recebendo pelos direitos e pela elaboração do roteiro a quantia de três milhões de dólares, deveria ser uma experiência ótima. E também deveria ser rentável. Para ele, compor uma trilha sonora para um filme, seria o mesmo que fazer um novo roteiro, sendo que a música seria a narrativa emocional daquela história.

Gerard já sabia como era a história do *Alferes* mesmo sem tê-la lido, baseando-se nos comentários de Jordano Brasser. Sabia de que se tratava de uma forte vivência de emoções sobre perdas, desejos e grandes conquistas dos maiores valores da vida: a própria vida de personagens cujas aventuras vividas em tempos idos teriam agora que serem passadas à limpo e transformadas em imagens, diálogos e músicas. Teria que conseguir o perfeito equilíbrio entre imagens e sons, induzindo os assistentes a viver cada cena, absorvendo tudo que pudesse ser transmitido – perdas e desejos são emoções das mais fortes que se podem ser vividas.

Gisele Castello era outro tipo de superação: desta vez para Aldo Rutte, o invencível; o jamais vencido pelas mulheres que agora iniciava um processo de desistência de lutar contra o impossível: "...agora é para valer", pensou lembrando as palavras de quando Jordano surgiu casado com Katharine.

Talvez tivesse Aldo agora maior coragem em enfrentar novas situações que o levassem a um compromisso com Gisele. A beleza indiscutível desta moça madura, mas com jovialidade e alegria contagiantes, jamais deixaria de dominar o seu coração, que há tempos e aos poucos vinha demonstrando uma ligeira queda para a abertura de uma janela que fosse.

Ainda no aeroporto, Six, Elenka, Gerard e Fermon com espanto, admiração e, de uma certa forma, até assombrados, foram apresentados à linda Gisele.

– "... agora é para valer!" ouviram outra vez a frase de Jordano, desta vez pronunciada por Aldo.

– Vamos para minha casa! Lá você poderá se explicar melhor, disse Six puxando Elenka, empurrando um carrinho com as bagagens e fazendo um sinal balançando a cabeça e revirando os olhos como se quisesse indicar uma direção.

Eram cinco da tarde quando entraram na casa antiga de Rodan Solarti. Six foi direto para a cozinha para ver o que tinha na geladeira e poderia ser aproveitado como improvisação às cinco da tarde. Deveria ser apenas um tira-gosto. Um aperitivo para resolver o problema de imediato, uma vez que estava cedo para pensar em qualquer coisa para o jantar, mas deveriam comer para uma bebericada e se divertir um pouco com Aldo Rutte. Deveria ter uma estória interessante com relação a Gisele.

Constatando que havia apenas uma panela de arroz ainda quase cheia que deveria ter sido consumida no almoço, retirou-a da geladeira e colocou-a sobre o fogão em fogo brando depois de adicionar um copo d'água. Pretendia aquecer um pouco para que desgrudasse, desmanchasse aquela forma compacta que havia adquirido por ter sido colocado na geladeira.

Quando a temperatura estava um pouco acima do morno, apagou a chama e levou a panela para a banca do outro lado da cozinha, onde havia um processador. Todo aquele arroz deveria ser amassado naquela máquina. Não deveria ser usado o liquidificador porque a massa ficaria muito fina e isso iria prejudicar a consistência do bolinho de arroz.

Ao volume de arroz processado, que correspondeu a um litro aproximadamente, foi acrescentado um bom punhado de salsa e cebolinha verde bem picados, dois ovos, uma xícara das de chá de farinha de trigo, cinco colheres, das de sopa, de queijo ralado, um pouco de sal (não muito, porque o arroz já havia sido temperado quando preparado) e um pouco de pimenta-do-reino.

Com uma colher de pau foi mexendo até que a mistura ficasse bem homogênea, desgrudando da colher. Para que isso acontecesse, teve que acrescentar mais um pouco de farinha de trigo para que a massa alcançasse o ponto ideal. Com o auxílio de uma colher, foram retiradas pequenas porções da massa e jogadas com cuidado em uma panela que continha óleo quente. Enquanto os bolinhos iam ficando dourados, eram retirados com uma colher de modo que escorresse o excesso de óleo e colocados sobre papel absorvente para acabar de secar. Os bolinhos foram servidos ainda quentes, acompanhando a cerveja gelada.

Aldo Rutte, depois de ter bebido duas cervejas, ficou mais descontraído e já disposto a divulgar para os amigos as circunstâncias nas quais ficou conhecendo Gisele. Sabia que mais uma vez iria ser crucificado. Sendo o mais alegre e descontraído do grupo, era também aquele que recebia toda carga de zombarias.

– Certo dia, há cerca de três semanas, estava eu indo para casa lá pelas dez da noite, iniciou ele o seu relato, e chovia bastante, continuou. Quando vejo com cara de desolação total, uma linda mulher em pé fora do seu carro encostado junto ao meio fio. Olhei para um lado e para o outro, não vendo mais ninguém, resolvi parar para ver o que estava acontecendo.

Todos foram se acomodando e demonstraram atenção, tornando o ambiente mais tranqüilo para Aldo Rutte. Gisele com um leve sorriso prestava atenção.

– E vejam o quadro que encontro: essa belíssima figura totalmente ensopada de pé ao lado do carro com o pneu furado. Pensei que, com facilidade, poderia ajudar e perguntei: precisa de ajuda?

- Quando eu respondi, interrompeu Gisele, sempre com ar de zombeteira: preciso sim, o pneu do carro furou e eu não consigo trocar, se puder fazer isso por mim, ficarei grata.

- E foi aí que eu pensei: vai nessa rapaz que a coisinha aí é muito linda... disse Aldo. Abri o porta-malas e quando fui pegar o estepe, constatei que estava vazio. Disse para ela que não se preocupasse porque a roda do meu carro servia no dela. O modelo era diferente, mas o fabricante era o mesmo. Quando acabei de dizer isso, só vi que ela se agachou rapidamente atrás do carro, como se estivesse escondendo de alguém; foi muito tarde quando percebi, pois estava tomando, naquele momento, um enorme banho com água de enxurrada lançada por um grande caminhão que passava em alta velocidade.

Todos riram e Gisele mais ainda.

- Quando olhei para a cara dela, vi que não se agüentava de vontade de rir; estava para explodir quando eu disse: quer rir, pode rir; já me molhei todo mesmo... e então ela realmente explodiu em risadas e eu, um pouco desapontado, ri meio sem graça.

- Até aí, tudo bem! disse Aldo. Fui lá e apanhei o meu pneu sobressalente e comecei a rolá-lo quando, de repente vejo minha perna direita afundar em um buraco que não percebi por causa da enxurrada. Era de lama pura e olhem o que aconteceu... disse ele levantando a calça para aparecer a perna totalmente coberta por uma enorme casca de sangue já seco e formada por ter se esfolado quando caiu em um bueiro entupido de lama e sem tampa.

- Só escutei neste momento um gritinho fino dela que terminou com outra gargalhada... disse Aldo olhando para a bela Gisele que já não se agüentava de tanto tentar prender o riso, quando ela própria se intrometeu no relato:

- Mas é claro, eu pensei que você ia desaparecer dentro daquele bueiro, disse ela rindo enquanto todos riam também.

Aldo se levantou, tomou um longo gole da cerveja e disse: Estão pensando que já acabou a história, estão enganados... e prosseguiu:

- Coloquei o macaco do carro dela, tirei a roda depois de levantá-lo e a minha perna ardia que não suportava. Instalei a roda do meu carro, aparafusei e quando fui abaixar, o macaco não me obedecia; emperrou de tal forma que não ia nem para cima, nem para baixo, ficando o carro com a roda no ar. Fui novamente no meu carro, e aí desviando do buraco que quase havia me arrancado um pedaço da perna, apanhei o meu macaco e levantei o carro dela mais do que já estava, retirei o primeiro macaco e então consegui abaixar o carro.

- Aí constatei, continuou ele, que o carro dela estava completamente torto. Contornei o veículo procurando por outro pneu furado e, não achando, vi que a roda do meu carro era, pelo menos, um palmo maior do que as do carro dela. Não havia outra alternativa; vai ficar assim, disse Aldo.

Todos ouviam com atenção e, depois de cada detalhe que contava, vinha uma onda de risadas.

- E agora, finalmente, estava na hora de irmos embora, fui fazer funcionar o carro dela. Nada de pegar. Tentei empurrar, mas não consegui. Disse para ela, então, que tomasse o meu carro e viesse chegando devagar até tocar no dela, para depois começar empurrar, que eu iria fazer pegar no tranco. Disse também que ela deveria aumentar a velocidade aos poucos e que quando percebesse que o carro dela estivesse funcionando, deveria parar.

– Tudo bem até aí, continuou Aldo, mas quando ela iniciou, tirou um pouco o pé do acelerador e viu que o carro dela, que eu dirigia, tomava distância do meu e acelerou o meu carro enquanto o dela perdia velocidade. Foi uma batida das boas, quebrando a grade dianteira e dois faróis do meu carro e afundando a traseira do carro dela.

Gisele tampava o rosto com as duas mãos diante das gargalhadas dos amigos de Aldo.

– Foi quando desisti, porém tardiamente, de tudo e sugeri que devíamos chamar um reboque, disse Gisele rindo. O reboque chegou, levou os dois carros para a oficina, deixando-nos na chuva: eu ensopada e o Aldo lameado, com a perna ferida... Um taxi que passava deixou-nos em nossas casas.

Gisele tomou a frente do relato dizendo, enquanto Aldo se assentava:

– Imaginem só que no dia seguinte, quando estou no meu trabalho, às onze da manhã, toca o meu telefone e era o Aldo convidando para um almoço e se eu não me importava de ir de taxi... Lá fomos nós comer sushi. Chegamos ao restaurante... disse ela interrompendo, quando todos começaram a rir novamente e olharam para Aldo que fixava os olhos no teto da cozinha de Six, rindo também.

– Chegamos ao restaurante e ele me deixa cair no chão de granito um vidro cheio de molho soyo que se espatifou, depois de bater em sua perna, para inundar meus sapatos.

A conversa estava ficando cada vez mais interessante para os amigos e Aldo já se preparava para a grande quantidade de zombarias que viriam daí por diante.

- Não! Ainda não acabou, disse Gisele com lágrimas escorrendo pelas faces de tanto rir. Ainda não acabou: ele coloca um enorme sushi naquela travessinha com soyo e quando o levanta para colocá-lo na boca de uma só vez, o sushi cai dentro da travessinha, espirrando molho para todos os lados, e sujando totalmente a gravata e a camisa... A partir deste dia eu que passei a telefonar para sairmos porque, apesar de um bom desastroso que ele era, era também simpático e descontraído. Valeria a pena tentar um relacionamento, afinal eu estava livre e ele também... e se não acontecesse nada, com certeza tudo seria muito divertido...

Aconteceu. Aconteceu que uma paixão alucinante tomou conta dos dois que se tornaram incapazes de ficar sem se comunicar por meio dia que fosse, o que demonstrava algo de novo ter acontecido. Algo que viviam e que era inédito: amar. Mesmo sabendo que a paixão é alguma coisa que pode levar facilmente ao estado de loucura e vivendo certos de que os momentos dos quais desfrutavam eram absolutamente indescritíveis pela enorme satisfação que lhes proporcionavam. Eram indescritíveis pela enorme força interior que emanava dos sentimentos mais profundos do desejo.

A falta total de capacidade crítica do novo casal devia-se, principalmente, apesar de já amadurecidos, à ausência de outras experiências amorosas mais fortes em dias passados. Essa experiência anterior poderia, caso tivesse acontecido, tê-los conduzidos a externar manifestações mais equilibradas e menos intensas porém, de forma alguma, menos fortes.

Externar sentimentos vindos do fundo do coração até então tinha sido algo difícil para Aldo Rutte devido, acima de tudo, a essa sua pouca experiência no assunto. Mas bastou que Gisele se ausentasse por poucos dias, quando teve que viajar pelo seu serviço, para que Aldo assentasse em sua mesa de trabalho e, concentrado na dor da ausência da amada, escreveu:

Minha querida Gisele,

Hoje estou pensando em você desde cedo. Como se todos os dias não o fizesse o dia inteiro. E como é bom ter alguém tão amada para que possa ser lembrada, trazendo para o fundo do meu coração a maior felicidade do mundo. Como é bom poder acordar nestas manhãs maravilhosas, ainda com estrelas cintilando no poente e o sol já querendo resplandecer para o mundo todo a grandeza do meu amor.

Quero sair hoje do meu silêncio que, quando é muito prolongado, pode se tornar uma pesada manifestação de tristeza. E como seria injusto da minha parte deixar transparecer um pouquinho só de alguma coisa que pudesse ser interpretada assim – amando você como amo, tristeza nenhuma pode cair sobre mim, tentando derrubar-me, tirar de mim o desejo de ser feliz por tê-la inteira. Apesar da guerra que existe dentro dos homens, eu trago comigo uma paz enorme – tudo isso só porque você existe.

Não me importa o que venham pensar de mim quando não consigo mais separar da minha vida a sua. Não me importa também que, aqueles que ainda não me conhecem bem, venham entender, de uma maneira ou de outra, tudo aquilo que se passa dentro do meu coração. Não me importa, enfim, que ao saberem da dimensão desse amor que sinto por você e não serem capazes de viver o que vivo, venham sofrer com a falta de amor que têm. O que me importa sim, é que o mundo inteiro venha a glorificar esse amor, tornando-a encantada por ser tão amada.

Hoje, quando me fecho nos meus olhos, desaparecem os escuros profundos que já me levaram a um abismo negro sem fim. Mais claras ficam todas as coisas que existem em volta de mim, mesmo aquelas inúteis e desagradáveis e que nada traduzem em sentimentos mais fortes que a grandiosidade de saber amar, de poder saber sentir aqui dentro a mais bela dor. A dor de uma chama me queimando, ardendo de amor. Chama que me faz levar até às estrelas a sua luz; luz que brilhará no céu e guiará os que amam verdadeiramente.

Essa sua ausência se torna a presença mais forte e viva que eu possa sentir. Você está tão presente que o vazio que poderia me invadir é sempre preenchido pela lembrança de viver esse amor, tendo-a toda dentro de mim para ouvir os sussurros longínquos de *eu te amo,* vindos do fundo da alma. Essa sua ausência me torna mais homem e mais forte para saber que existe uma louca paixão dentro do meu peito, explodindo com a força do amor para superar todos os tormentos. Cada momento vivido hoje é uma vida para mim. Às vezes, a tristeza de não estar agora ao seu lado, que acontece quando caem o grande fardo da sua ausência e o enorme desespero da espera pela sua volta, se esvai em revoadas de alegria que salpicam os céus com novas luzes tênues conduzindo-me à glória da vitória de poder viver esse grande amor.

Às vezes sinto que estou fraco, envolvido pela frieza e pela dureza de corações desamados. Corações que parecem nunca terem sido abertos, remexidos, tocados profundamente. Às vezes sinto que fraquejo - não por desamor - diante de tantas lembranças doídas e entranhadas, esmagando outros sentimentos muito mais fortes e belos. Perdoe-me por isso. Mas, de alguma forma, é bom que saiba desses meus devaneios, que não passam de pesadelos. De uma coisa estou certo: ao me libertar deles, vem o desejo forte de que me queira deixado nos seus braços, para que eu me deixe levado pela serenidade do conforto do seu corpo.

Você é a minha vida e estou presente na sua também. Ame-me para sempre e a amarei eternamente.

Beijos do Aldo Rutte

* * *

A ida de Gerard Vallon a Los Angeles para iniciar os seus trabalhos de composição musical da trilha sonora do *Alferes* aconteceu trinta dias após sua volta de Londres. A calorosa recepção organizada por Lena Lina e Pablo Sanchez desinibiu-o. A falta de descontração demonstrada, até em seus menores movimentos, mostrava o seu nervosismo, e ele mesmo sabia que neste estado jamais poderia trabalhar em uma composição musical.

Não sabia se estava dominado por um pessimismo que surgia em função das dificuldades que poderia ter pela sua primeira experiência com uma trilha sonora, ou se um falso otimismo lhe conduzia à mesma preocupação.

As primeiras horas em companhia de Pablo e Lena Lina e um encontro logo no início da noite com Jordano e Katharine tranqüilizaram Gerard Vallon, que, já no dia seguinte, acompanhava Jordano no principal estúdio, onde a maioria das tomadas internas do *Alferes* estava sendo realizada ou programada. Havia um conjunto de casas antigas que foram construídas a trezentos metros dali, que pareciam ser o centro de uma pequena cidade do século XVIII. Era onde estavam sendo filmadas as tomadas externas da estória: havia a rua principal, duas outras que a cruzavam, várias construções, sendo que quase todas tinham só fachadas. A grande casa do alferes era a da esquina com a primeira rua que cruzava - era a única que possuía, além das fachadas, o corpo completo. O garimpo, também ponto de grande movimentação, havia sido construído em outro local ainda mais distante. Lá deveriam ser gravadas cenas que iriam contar toda ação do alferes junto aos garimpeiros e determinadas cenas que não poderiam ser tomadas em interior de estúdio – principalmente aquelas que iriam representar os conflitos entre esses homens e os guardas da coroa.

Já no final do dia é que Gerard, depois de conhecer três grandes ilhas de edição dos filmes já processados, foi visitar as instalações dos equipamentos que poderiam ficar à sua disposição para os trabalhos de composição da trilha sonora. Não eram equipamentos de última geração, mas perfeitamente suficientes para a elaboração de um trabalho de primeiríssima qualidade. Estavam montados em duas salas de cinqüenta metros quadrados cada uma e, à sua espera, três operadores de som e dois de imagens que lhes deram boas vindas.

Dentro do desenvolvimento do trabalho que Gerard programara, a sua primeira atitude seria a de assistir exaustivamente, juntamente com sua nova equipe de trabalho, os trechos do filme que já estivessem disponíveis. Já havia construído em sua mente o tema básico do qual seriam desenvolvidas todas as demais partes para a construção final da sua composição sonora.

A partir do conceito básico de criar o tema da composição musical, teria que, ao analisar os trechos já filmados, programar o andamento da música em função das imagens projetadas. Outros compositores de trilhas sonoras já procuravam soluções menos trabalhosas: retiravam o tema já construído de uma composição de Bach, Vivaldi, enfim compositores eruditos, partindo para o desenvolvimento da nova música.

Gerard não pretendia ter essa experiência nunca. Sempre achou que esse formato de composição não viria jamais compatibilizar com suas criações, tornando-as desvalorizadas para si mesmo. Considerava que os problemas éticos deveriam ser trabalhados de acordo com a cabeça de cada um.

Para que viesse a ser eficiente em sua composição, teria que absorver e compreender profundamente o tema e todas as atividades nas filmagens – teria que saber de tudo sobre a história do alferes. Somente dessa forma poderia dividir todos os seus sentimentos construídos sobre sua vasta e variada instrução musical, adquirida sobretudo em função da grande capacidade criadora que tinha, e do amplo conhecimento técnico aplicado em grandes composições.

Após cinco dias de experiências nos estúdios de composições e gravações musicais, envolvendo os auxiliares que lhe foram proporcionados, Gerard iniciou o processo de criação e produção da trilha sonora do *Alferes*.

A grande ânsia de buscar o som pela imagem lhe proporcionou um dos mais precisos trabalhos que pôde executar: exercitando sua capacidade criativa, fez sua arte surgir em função de tudo que lhe ocorrera durante sua vida. Era a vida suplantando a arte para que se chegasse a um resultado final brilhante.

Todos sabiam que a grande arma para o sucesso do filme *Alferes* seria a total integração da imagem com o som. Gerard também já havia constatado isso. As melodias que criava tinham que, às vezes, anteceder à imagem para gerar a expectativa. Essas mesmas melodias tinham que criar a impressão de que algo iria acontecer para gerar pontos subseqüentes apoteóticos, que iriam valorizar as cenas filmadas.

A essência do personagem principal teria que ser descoberta e transmitida pela música. Era nestas imagens que os sons do tema básico da composição de Gerard Vallon penetravam com a força que impelia a outras seqüências de imagens, causando perfeita harmonia entre som e fatos.

O belo tema básico criado, apresentado com suas variações desde as formas mais suaves aos pontos de maior ação filmados, representava a perfeição sonora totalmente integrada, mas nunca competia com os efeitos sonoros e visuais. A música de Gerard Vallon estava forte e bela o bastante para que meios altamente expressivos pudessem ser utilizados na representação das cenas mais importantes. Na verdade, a música estava apoiada em cada ação, e todas as ações estavam apoiadas na música. Elas não podiam se separar mais...

Depois de longos meses de exaustivo trabalho, Jordano Brasser e Gerard Vallon comemoraram a primeira apresentação do *Alferes*. A sala privativa de projeções tinha cinqüenta lugares e mais de quarenta deles estavam ocupados com os que queriam desfrutar do primeiro momento de verificação do resultado final. A maioria assistia essa prévia sem comentários. Somente assim tudo poderia ser analisado e compreendido.

O sucesso era iminente. Não havia nenhum tipo de dúvida quanto às conseqüências finais daquele trabalho.

O lançamento do livro *Alferes*, na América do Norte, foi feito com uma campanha publicitária de tal forma abrangente que, com a estréia do filme, as vendas explodiram e as filas, diante das salas de projeção, eram enormes. A crítica favorável e a constante publicação de reportagens sobre o diretor, o autor e o compositor da trilha sonora, levou conseqüentemente a três indicações para o *Oscar*: o melhor diretor, o melhor roteiro e a melhor trilha sonora.

A essência do personagem *Alferes* deu início a algo de novo para Jordano Brasser. Até então os seus livros de grande sucesso estavam apoiados no desenrolar de narrativas que levavam os personagens a situações de encantamento e magia. Agora, diante de sua elevadíssima capacidade crítica, notou que fazer o que gosta é totalmente diferente de fazer o que precisa ser feito.

Descobriu que os meios mais expressivos de ilustrar a história sobre o alferes era a composição das imagens, tomadas das maneiras mais audaciosas pelo seu diretor, e apoiadas na sonoridade criada por Gerard Vallon. Cada ação estava sustentada em acordes fantásticos que terminavam em resultado final melódico indescritível.

A expectativa pela espera da divulgação da premiação do *Oscar* só foi superada com a chegada a Los Angeles. Gerard Vallon e Jordano Brasser, acompanhado de Katherine, desembarcaram de uma *limousine* preta e tomaram a passarela de entrada do Shrine Auditorium, muito bem definida por um longo tapete vermelho.

O mestre de cerimônias entrou no enorme palco sob um facho de luz branca que o acompanhava. O popular apresentador David Letterman puxava pela ponta de uma corda um enorme cachorro preto que, diante de um gesto com o dedo indicador, sentou-se.

Para a entrega da primeira premiação da noite, surge em uma passarela elevada que iniciava nos bastidores, a cantora Madonna trajando um longo vestido azul e verde claro e, entre os dedos da mão direita, trazia um grande charuto que deixava sua fumaça contrastar com o facho de luz, desta vez amarela, a cada baforada. A sempre audaciosa cantora desinibiu o público com uma conversa que, posteriormente, mereceu severas críticas da imprensa pela sua futilidade.

O diretor de *Alferes*, diante de grande aclamação, subiu ao palco para receber a estatueta cobiçada. Robert Zemeckis já se acostumara com a premiação: já havia sido condecorado como melhor diretor e, quatro anos depois, foi novamente agraciado pelo trabalho que executou em *de volta para o futuro*.

Das mãos de Zemeckis, Jordano Brasser recebeu a estatueta pelo melhor roteiro. O mestre de cerimônias, segurando-o pelo braço, levou-o até ao microfone que estava fixado em uma haste na lateral esquerda do palco, para que ele se dirigisse ao público. Ele agradeceu ao diretor Zemeckis pelo excelente trabalho e, como se estivesse antecipando à premiação, elogiou Gerard Vallon pela bela composição musical que havia contribuído muito para aquela premiação.

Enquanto falava, foi retirando e desdobrando uma folha branca de papel do bolso do seu paletó. Dirigindo o olhar para Katherine que se encontrava bem no meio da platéia, disse solenemente:

– Queria, neste momento de enorme alegria e emoção, prestar minha homenagem a uma pessoa que foi a mais importante de todas para mim; que muito contribuiu para que, desta forma bela, eu pudesse vir construir a minha maravilhosa história. Uma pessoa que nunca se fez permitir amar-me sem moderação. Para você, querida Katharine, estas são minhas palavras, e leu diante do seleto público do Shrine Auditorium o poema que titulou *do nada, um pouco*:

Quisera eu poder
de mim fazer do nada, um pouco!
Que mais posso querer
senão oferecer-me.

Ofereço-me! Dou-me!

Pudera eu de mim revelado
que sofro por querer
em minhas dores vergado!
Quisera eu embriagado
em minhas roupas desmanteladas,
dissimulado em atitudes torpes e obscenas;
porém nada de nefasto.

Quisera eu poder,
face à minha vista o teu coração,
vindo de meus sonhos denunciar, gritar, revelar:

Pertenço-te!

A premiação de Gerard Vallon foi posteriormente anunciada. Antes que Gerard fizesse seus agradecimentos, o diretor Robert Zemeckis e Jordano subiram ao palco correndo pela escada lateral e, cada um segurando sua estatueta, levantaram-nas para o delírio do público que os aplaudia de pé.

Lombo com abacaxi

O palco montado no centro da praça principal estava repleto de autoridades, na maioria oportunistas. Os vitoriosos subiram por uma escada íngreme e, depois dos discursos de praxe e normalmente prolixos, a orquestra que sempre havia sido comandada por Gerard Vallon, iniciou a interpretação da canção premiada.

Todos os arranjos elaborados por Vallon foram executados, sendo o principal, um solo de flauta transversal por uma componente da orquestra, seguido pelo clarinete do maestro substituto. O maestro, com um gesto arqueando as sobrancelhas, determinou a reentrada da orquestra para a apresentação da parte final e apoteótica da composição.

A comemoração final ficou restrita ao pequeno grupo de amigos, na távola de Six. A alegria contagiante do cozinheiro Rodan Solarti pela já prevista consagração dos dois amigos, foi transformada no prazer de preparar seus pratos saborosos.

Aldo Rutte, com sua Gisele, ocuparam a cabeceira da mesa e na outra ponta, a bela Aurora Pink. De um lado Jordano e

Katharine Dufon e do outro, Gerard e Fermon Quetti. Elenka servia as bebidas.

Six tomou um lombo de porco que havia temperado na véspera com uma porção de sal fino, um pouco de pimenta-do-reino moída, uma cebola picada em pedaços pequenos e quatro dentes de alho bem amassados.

O lombo foi colocado em uma travessa e regado com um copo de vinho tinto. Durante o período que passou no tempero, foi virado quatro vezes para que houvesse uma distribuição homogênea dos ingredientes.

Agora, no momento de prepará-lo, colocou-o em um tabuleiro metálico juntamente com o caldo formado pelos temperos. Cobriu com folhas laminadas de alumínio e levou ao forno já aquecido a cento e oitenta graus. Após uma hora e meia, a proteção de alumínio foi retirada e tudo voltou novamente para o forno. Quinze minutos depois o lombo estava perfeitamente assado, sendo transferido para tábua de cortes.

Antes de cortar em fatias, levou o tabuleiro usado à chapa do fogão, adicionando um copo de água para diluir os resíduos do assado. Formado o caldo, colocou um abacaxi fatiado em rodelas e deixou que, à medida que a água evaporasse e o caldo engrossasse, aquelas fatias cozinhassem um pouco e ficassem impregnadas com o caldo. Esse processo não durou mais que cinco minutos, tempo suficiente para fatiar o lombo já assado.

As fatias de lombo foram bem arranjadas em uma travessa de três centímetros de profundidade e foram cobertas pelo caldo que sobrou do cozimento do abacaxi. As fatias de abacaxi foram colocadas contornando o lombo e tudo já estava pronto para ser servido com arroz.

– O sucesso proporciona uma das maiores volúpias da vida, disse Fermon dirigindo-se a Gerard, que estava assentado ao seu lado, e a Jordano, em frente. É o grande prazer de se saber que, aquilo que está sendo feito, está sendo feito certo. Parabéns, completou.

Jordano, manifestando calma, demonstrando serenidade com relação aos novos acontecimentos, disse:

– O trabalho de Gerard é como se fosse um poema sinfônico. Os ritmos e compassos de uma poesia foram perfeitamente representados em uma composição de linda sonoridade...

– Eu jamais teria feito um trabalho desses não fosse a beleza das imagens e uma história boa para me inspirar, disse Gerard. Não se constrói um sucesso sozinho... É um fato esse sucesso. Esse fato é um sonho profundo que pode ser mutilado, pode ser interrompido caso não seja bem gerido. Todo sonho tem seu lado bom e seu lado ruim...

– Se o lado ruim não interessa, continuou Gerard, precisamos buscar nas profundezas da imaginação uma forma para que seja manifestado o amor e o desejo. Quando são amplos os espaços em nossos corações para a voluptuosidade do amor, o sucesso sempre acontece. Sucesso é amar, é desejar e é viver... completou Gerard.

Six finalizava o prato para ser servido prestando atenção na conversa, quando Fermon interferiu:

– O sucesso é um sentimento mágico que vem do coração em conseqüência de uma condução serena e forte de seu destino. A condução do destino a um mundo mágico, extraordinariamente fantástico, é o puro sucesso...

Comeram e beberam em um tributo à amizade.

Lombo com abacaxi

1 lombo de porco inteiro
sal
pimenta-do-reino
cebola picada
4 dentes de alho
1 copo de vinho tinto
1 abacaxi